CONTENTS

[글] • 카가미 유

[그림] • 캇토

좋아하는 아이에게 고백했더니

쌍둥이 여동생이 덤으로

딸려 왔다

SUKI NA KO NI KOKUTTARA
FUTAGO NO IMOUTO GA
OMAKE DE TSUITEKITA

일러스트 — 캇토

프롤로그

내 여자친구는 쌍둥이다.

이 말을 들으면 사람들은 어떻게 해석할까?

다른 사람의 머릿속을 들여다볼 수는 없지만 상식인인 나라면 이렇게 생각할 것이다.

사귀는 상대에게 쌍둥이 언니나 여동생, 또는 오빠나 남동생이 있다고. 다들 그렇게 생각하지 않을까?

쌍둥이가 흔하진 않지만 딱히 놀라운 이야기는 아니다.

그러나 내 경우에는 달랐다. 충분히 **놀랄 만한 이야기였다**.

"마사키, 후우카 쪽에 더 가깝잖아."

"좀 가까우면 어때서요. 다음에는 유즈 언니한테 양보하면 되잖아요."

"……."

높다란 천장이 인상적인 거실 안. 넓은 공간에 절묘하게 배치된 소파와 테이블과 TV는 프로 인테리어 디자이너의 자문을 받은 것이 분명해 보였다.

큼지막한 창문을 통해서 여름 햇살이 새어 들어오고, 창밖으로는 도시가 한눈에 내려다보였다.

이곳은 어느 고급 아파트의 최상층.

선택받은 자들만이 거주할 수 있는 부의 상징.

원래대로라면 나 같은 서민은 정문에서 쫓겨났어야 했다.

하지만 지금 나는 그 아파트 거실의 40만 엔짜리 고급 소파 한 가운데 앉아있었다. 심지어…….

"뭐. 됐어. 내가 더 다가가면 되니까."

"하아. 역시 이러고 있으면 마음이 차분해지네요."

내 양옆에는 두 명의 소녀가 찰싹 달라붙어 있었다.

똑같은 얼굴을 가진 쌍둥이 자매였다.

언니 츠바사 유즈키.

여동생 츠바사 후우카.

굉장히 예쁘게 생긴 쌍둥이다. 특히 커다란 눈이 인상적이었다.

그렇다. 쌍둥이인 츠바사 자매는 굉장한 미소녀다.

유즈키는 기다란 갈색 머리에 반소매 블라우스와 미니 스커트.

후우카는 검은색 긴 머리에 민소매 니트, 그리고 무릎까지 내려오는 치마를 입었다.

머리카락과 복장으로 누가 누구인지 간신히 알아볼 수 있었지만, 얼굴만 가지고는 절대로 구별할 수 없었다.

"마사키 씨, 손이 놀고 있어요."

"맞아. 맞아. 더 적극적으로 들이대라구. 재미없게."

"들이대라니……."

으리으리한 아파트의 고급스러운 소파. 양쪽에는 쌍둥이 미소녀.

이미 과분할 정도인데 이 이상의 행복을 추구해도 되는 것일까.

"알았어. 이러면 되는 거지?!"

""꺄악♡""

쌍둥이가 동시에 비명을 질렀다.

평소 두 사람은 말투가 다르지만 가끔씩 이렇게 입을 모아서 앙증맞게 외치곤 했다. 참 얄미운 자매였다.

나는 유즈키의 스커트를 걷어 올려 그녀의 엉덩이를 덥석 움켜쥐었다.

말로 표현하기 힘들 만큼 부드럽고, 또 탄력적인 엉덩이였다.

워낙 세게 움켜쥐는 바람에 손끝이 팬티를 살짝 파고들었지만 이제 와서 물러설 수도 없었다.

그리고 반대쪽 손은 후우카의 흰색 니트 밑으로 쑥 집어넣어 둘레가 90cm에 달하는 엄청난 사이즈의 가슴을 움켜잡았다.

브래지어를 차고 있는데도 녹아내릴 정도의 부드러움과 탄력이 고스란히 전해져 왔다. 엉덩이의 감촉과는 조금 다르지만 내 손이 작다고 느껴질 만큼 대단한 볼륨감이었다.

"앗……. 마사키 씨, 손놀림이 너무 야해요……."

"두 여자를 한꺼번에 잡으려 하다니, 절조가 없는 녀석이네……."

"너희가 시켰잖아!"

"알았어, 알았어. 미안해. 자, 이건 사과의 표시. 쪽♡"

"미안해요. 사과의 표시예요. 쪽♡"

내가 소리치자 쌍둥이가 동시에 내 뺨에 키스를 했다.

아직도 나는 자신이 꿈을 꾸는 건지, 망상을 보고 있는 건지 의심스러울 지경이었다.

쌍둥이 자매의 몸을 더듬으며 키스까지 받고 있다니.

　두 사람의 달콤한 향기. 가냘프면서도 부드러운 두 사람의 몸. 키득키득 웃는 소리도 내 귓가를 달달하게 간지럽혔다.

　"아직도 이 상황이 믿기지 않는다는 표정이네, 마사키."

　언니인 유즈키가 내 뺨을 쿡쿡 찌르며 말했다.

　"뭐, 그 마음은 이해가 가. 나도 쌍둥이 여동생과 한 남자를 공유하게 될 줄은 꿈에도 몰랐거든."

　"쌍둥이 자매와 동시에 사귀는 건 망상의 영역이니까요."

　"그 망상을 실현시킨 너희가 할 말은 아니지 않나?"

　"뭣하면 정말로 꿈이라고 생각해도 좋아. 그러면 마사키도 의욕이 좀 나겠지."

　"맞아요, 이건 꿈이에요. 그러니 저희와 즐거운 시간을 보내주세요."

　유즈키와 후우카는 내게 엉겨 붙어 뺨과 이마에 쪽, 쪽 하고 뽀뽀를 해댔다.

　나는 유즈키의 팬티 너머로 엉덩이를 쓰다듬고, 후우카의 가슴을 주무르며 중얼거렸다.

　"뭐, 꿈이라면 어쩔 수 없나……."

　이윽고 내 손에도 힘이 들어갔다.

　쌍둥이의 몸은 믿기지 않을 정도로 부드러웠다. 쉴 새 없이 부딪히는 입술도 무척 말랑했다.

　"그래, 그러면 돼. 우리는 둘이서 하나니까."

　"하지만…… 하나이면서 둘이기도 하죠."

둘이서 하나. 똑 닮은 쌍둥이니만큼 그 말은 쉽게 이해가 되었다.

하지만 하나이면서 둘이라는 말은, 적어도 처음 만났을 당시에는 이해가 되지 않았다.

이 쌍둥이에게는 한 가지 신기한 특징이 있었다.

유즈키는 유즈키이면서 후우카였다.

후우카는 후우카이면서 유즈키였다.

뭐, 이렇게 설명해 봤자 전후사정을 모르는 사람들은 무슨 말인가 싶을 것이다.

하지만 내가 이렇게 두 사람을 좋아하고, 두 사람이 나를 좋아하게 된 데는 이유가 있었다.

바로 두 사람이 '듀얼 트윈즈'라는 특별한 쌍둥이기 때문이었다.

"무슨 생각을 그렇게 해? 계속 멍하니 있으면 확 우리가 먼저 덮쳐버린다?"

"덮쳐버릴 거예요?"

"두 사람한테 당하고만 있을 수는 없지……. 에라, 모르겠다!"

""꺄악!""

기쁨의 비명을 지르는 두 사람.

쌍둥이를 끌어안은 나는 먼저 후우카의 치마를 걷어 허벅지를 어루만졌다.

그리고 유즈키의 블라우스에 손을 집어넣어 가슴을 주물렀다.

두 사람은 겉모습뿐만 아니라 몸의 탄력도 똑같았다.

정작 본인들은 그 사실을 모르고 있을 것이다.

나는 유즈키의 가슴을 주무르던 손을 밑으로 내려 매끄러운 배를 쓰다듬었다.

　그리고 후우카의 허벅지를 매만지던 손은 위로 올라가 엉덩이를 붙잡았다.

　행복하다. 이것이 꿈이라면 깨지 않기를.

　어쩌다 이런 상황에 놓이게 된 것일까. 나는 며칠 전의 기억으로 거슬러 올라갔다.

좋아하는 아이에게 고백했더니

쌍둥이 여동생이

딸려왔다

덤으로

SUKI NA KO NI KOKUTTARA
FUTAGO NO IMOUTO GA
OMAKE DE TSUITEKITA

1. 쌍둥이 언니는 고백을 받아들인 모양입니다

"나한테는 쌍둥이 여동생이 있어."

"뭐……?"

한순간 내가 잘못 들었나 싶었다.

눈앞의 소녀, 츠바사 유즈키의 대답이 너무나도 예상 밖이었기 때문이다.

유즈키의 긴 머리카락은 갈색으로 물들어 있었다. 머리 왼쪽에는 박쥐 머리핀이 꽂혀있었고, 귀에도 똑같은 모양의 피어싱을 하고 있었다.

유즈키는 여름임에도 긴소매 블라우스를 입고 있었는데, 대신 소매를 걷어붙이고 있었다. 왼쪽 손목에는 고급스러운 시계를 차고 있었다.

소매를 걷어붙인 걸 보면 딱히 피부가 탈까 봐 긴소매를 입지는 않았을 것이다. 그냥 소매를 걷어붙인 패션을 선호하는 모양이었다.

한편 체크무늬인 치마는 상당히 짧은 편이었다. 하얀 허벅지가 훤히 드러나 있었다.

과하게 화려하지 않은 헤어 스타일. 복장에 잘 어울리는 곱상한 생김새.

유즈키는 학교에서도 1, 2위를 다투는 미소녀로 유명했다.

한때는 잡지 모델로 활약한 적도 있었다고 한다.

하지만 인기를 얻었음에도 반년도 지나지 않아 은퇴했다.

그녀의 갑작스러운 은퇴에 여학생들이 한바탕 소란을 피웠던 기억이 난다.

정작 유즈키 본인은 "질렸다"라면서 대수롭지 않다는 듯이 굴었지만.

마이 페이스면서도 털털한 성격의 유즈키는 언제나 그런 식으로 주변 사람들의 마음을 들었다 놓았다 했다.

그리고 초여름에 접어든 어느 날. 나는 방과 후의 교실에 유즈키와 단둘이 남아있었다.

청소 당번을 맡게 되어 쓰레기를 버리고 교실로 돌아왔더니 유즈키가 창가에서 스마트폰을 만지작거리고 있었다.

유즈키는 교내 서열 피라미드의 정점에 위치해 있었다.

그녀와 비슷한 타입의 불량 여학생은 물론이고, 성적이 뛰어난 우등생, 부활동의 에이스까지 친구로 삼아서 학생들의 중심에 서 있었다.

하지만 그렇게 교내의 정점에 군림하면서도 유즈키는 절대 그 누구도 바보 취급하지 않았다. 모든 학생을 친근한 태도로 대했다.

피라미드의 정점에 있으면서 그 피라미드를 조금도 의식하지 않았다.

단적인 예로, 나같이 별다른 접점이 없는 동급생들에게도 자신을 "유즈키"라고 이름으로 부르게 했다.

성씨로 불리면 낯간지럽다는 것이 그 이유였다.

모든 학생들을 대등하게 대하니 피라미드의 정점에 있으면서도 질투나 시기를 받지 않았다.

상황이 이렇다 보니 유즈키가 교실에 혼자 있는 경우는 흔치 않았다. 보통은 다른 학생들에게 둘러싸여 있기 마련이었다.

"열심이네, 마사키."

"어, 어어."

유즈키가 말을 걸자 나는 살짝 당황하고 말았다.

"또 쓰레기 버리고 오는 거야? 넌 청소 당번을 할 때마다 자진해서 쓰레기를 버리더라. 가위바위보로 정하면 되잖아."

"뭐, 딱히 힘든 일도 아니니까."

나는 교실 구석에 쓰레기통을 놔두고 자리로 돌아가 가방을 집어 들었다.

그런 다음, 유즈키를 바라보면서 "좋아해"라고 고백했다.

무의식중에 튀어나온 말이었다.

좀처럼 없는 유즈키와 둘뿐인 상황. 그것이 가장 큰 이유였다.

머릿속에서 "지금이다"라는 목소리가 들렸다.

그 목소리를 의심할 겨를도 없이 좋아한다는 말이 튀어나와 버리고 말았다.

말을 내뱉기 직전까지만 해도 고백을 할 생각은 전혀 없었건만.

하지만 한 번 내뱉은 말은 다시 주워 담을 수 없는 법.

없었던 일로 하고 도망칠 수는 없었다. 그건 내 신념에 어긋나는 행동이었다.

남자다움.

요즘 시대에는 녹슬고 풍화되어 버린 개념이지만, 내게는 그것이 중요했다.

딱히 누군가에게 배운 건 아니었다. 고등학교 2학년이라는 인생을 살아오면서 자연스럽게 갖게 된 신념이었다.

사소한 일에 연연하지 않고, 역경에 정면으로 맞서는 호쾌한 인생. 나는 그렇게 살겠다고 정했다.

여태껏 고백을 미뤄왔던 점은 남자답지 않지만, 그 부분만큼은 사춘기 남학생이니 어쩔 수 없었다.

어쨌든 해야 할 말은 했다.

남은 건 남자답게 결과를 받아들이는 것뿐이다. 거절당할 것을 알더라도.

"…………."

유즈키는 스마트폰을 조작하던 손을 멈추고 커다란 눈을 깜빡거렸다.

그러고는 내 앞으로 다가와 나를 올려다보았다.

유즈키는 블라우스 단추를 몇 개 풀어두고 있었기 때문에 가슴골이 보이고 말았다.

심지어 검은색 브래지어까지 살짝 엿보였다.

화려한 것을 좋아하는 유즈키답게 섹시한 속옷이었다.

너무나도 자극적인 광경. 다른 때였다면 가슴을 두근거리며 시선을 피했을 것이다.

하지만 지금만큼은 유즈키의 눈을 바라보고 있어야 했다.

내가 진심이라는 것을 전하기 위해서.

유즈키는 거의 30초 동안 긴 침묵을 지켰다.

그리고 돌아온 것은 "나한테는 쌍둥이 여동생이 있어"라는 대답이었다.

고백에 대한 대답치고는 굉장히 신선했다.

"……내가 한 말, 제대로 들었어?"

"들었어."

"…………."

유즈키의 가족력에 대해서 질문한 적은 없는데.

유즈키에게 쌍둥이 여동생이 있다는 말은 나도 처음 듣는다. 다만…… 완곡하게 거절했더라도 다른 대답이 있었을 것이다.

언제나 친구들에게 둘러싸여 있는 유즈키와 둘만 있을 기회는 좀처럼 없었다.

아니, 졸업할 때까지 두 번 다시 없을지도 몰랐다.

지금은 고등학교 2학년 여름.

고등학교 생활은 절반이 넘게 남았지만 고백할 기회가 몇 번이고 찾아올 가능성은 낮았다.

그렇기 때문에 용기를 쥐어짜 내서 가까스로 고백한 것이건만.

이 정도로 엉뚱한 대답이 돌아오리라고는 상상도 하지 못했다.

"앗, 미안. 이렇게 대답하면 당황스럽겠네. 딱히 넋 놓고 있던 건 아니었어."

"어, 으응. 나야말로 갑작스럽게 미안해. 대답은 나중에 들려줘도 괜찮아."

"대답은 했어. 설명이 조금 부족하긴 했지만."

"…………?"

어떤 설명을 보태도 고백에 대한 답변이 될 것 같지는 않은데……?

"실은 친구들한테도 거의 말한 적이 없어. 쌍둥이 여동생이 있다는 거."

"그, 그렇구나."

곰곰이 생각해 보면 이상했다.

유즈키는 교내 피라미드의 정점에 위치한 여학생이다. 따라서 나처럼 친구가 적은 녀석이라도 여러 가지 소식을 들을 수 있었다.

그런데 그 유즈키에게 쌍둥이 여동생이라니. 순식간에 전교에 소문이 퍼져도 이상하지 않을 이야기였다.

하지만 아무도 모른다는 것은…….

"네 여동생은 우리 학교의 학생이 아닌 거야?"

"정답. 슈우카에 다니고 있어."

"슈우카라……."

부잣집 아가씨들이 많이 다니는 여자고등학교로, 그곳의 청초한 흰색 교복을 동경하는 여학생들이 많았다.

등하교 때 전철역에서도 종종 보이곤 했다.

부잣집 아가씨들이라고 해서 전부 운전기사가 바래다주는 것은 아니니까.

우리 학교와도 지리적으로 가까우니, 형제자매가 슈우카에 재학 중이라도 이상할 건 없었다.

"설마…… 고백을 받는 데 여동생의 허락이 필요하다는 뜻은 아니지?"

"아니야. 그래도 약간 비슷해."

유즈키는 아직까지 손에 들고 있던 스마트폰을 치마 주머니에 집어넣었다.

"내 여동생의 이름은 후우카."

"후우카……."

"맞아. 마사키, 네가…… 후우카와 양다리를 걸친다면 사귀어 줄게."

"…………?!"

이번에도 도대체 무슨 말인지 이해가 되지 않았다.

양다리를 걸친다면 사귀어 준다고……?

쌍둥이 자매와……?

"유즈키, 농담이 지나치……."

"…………."

나는 되묻다 말고 멈추었다. 유즈키는 여태껏 본 적 없는 진지한 표정을 짓고 있었다.

연기로 저런 표정을 지을 수 있다면 영화배우를 해도 좋을 것이다.

쌍둥이 여동생이 있다는 사실만으로도 놀라운데, 양다리를 걸치는 게 사귀는 조건이라고?

아무리 생각해도 고백에 대한 대답으로는 너무 생뚱맞았다.

"……아니다. 미안!"

"어?"

"황당했지? 농담이었어, 농담."

"뭐라고……? 농담……?"

"아하하. 쌍둥이가 있다는 말도 거짓말! 깜짝 놀랐어? 마사키가 너무 진지해서 나도 모르게 놀리고 싶더라. 미안, 미안."

유즈키는 사과하듯 두 손을 모으고 머리를 숙였다.

"어휴, 난 진지한 분위기에 약하다구. 그러면 이만 돌아가 볼게. 정말로 미안했……."

"기다려."

나는 옆을 지나가려는 유즈키의 손목을 붙잡아 멈춰 세웠다.

"마, 마사키?"

"말했잖아. 나는 너를 좋아해."

"으, 응?"

"나는 네 친구조차 못 되지만…… 그래도 어느 정도는 너를 지켜봐 왔어."

"가, 갑자기 무슨 소리야?"

"네가 예쁘고 귀여운 아이라는 사실은 부정할 수 없지. 하지만 겉모습만으로 너를 좋아하게 된 건 아냐. 네가 고백한 상대를 놀릴 만한 녀석이 아니라는 것쯤은 알고 있어."

그랬다. 유즈키는 싹싹하고 상냥한 학생이다.

물론 내가 모르는 일면도 가지고 있을 것이다.

하지만, 그럼에도 유즈키는 진지한 고백에 농담으로 답할 사람은 아니다.

나는 그렇게 확신하고 있었다.

"쌍둥이 여동생이 있다는 말은 사실일 거야. 양다리를 걸치면 사귀어 준다는 것도 정말일 테고. 그렇지?"

"……그럴 리 없잖아. 마사키가 나에 대해서 뭘 아는데?"

"많이는 몰라. 하지만 나 자신이 어떤 인간인지는 잘 알고 있지. 나는 고백에 농담으로 대답하는 여자를 좋아하게 될 녀석이 아니야. 절대로."

"…………."

여전히 나는 유즈키의 손목을 붙잡고 있었고, 유즈키도 내 손을 뿌리치려 하지 않았다.

나는 그 태도를 보고 확신했다. 유즈키의 방금 전 대답은 진심이었다.

애초에 얼버무리는 게 너무 서툴렀다.

나처럼 둔한 녀석이라도 눈치챌 수밖에 없었다.

자, 이제 어떡하지?

유즈키의 대답은 너무나도 의외였지만, 그녀의 본심이기도 했다.

그렇다면 나는 뭐라고 대답해야 할까?

내가 고백했고, 유즈키도 성심성의껏 대답해 주었으니 나도 애매한 태도를 보일 수는 없었다.

어떡하지?

어쩌면 좋지?

그랬다. 사실 대답은 정해져 있었다.

유즈키의 말이 거짓이 아니라면 선택지는 하나밖에 없었다.

"알겠어. 내가 좋아하는 츠바사 유즈키가 그렇게 말한다면……

너희 두 사람과 사귀도록 할게.”

“뭐?!”

본인이 말해놓고 놀라면 안 되지.

하긴, 내 대답도 참신하기로는 유즈키 못지않았다.

“나도 너와 같아, 유즈키. 이렇게 중요한 문제로 거짓말이나 농담을 하진 않아. 나는 유즈키와 사귀고 싶어. 그러기 위해서 필요한 게 있다면…… 뭐든지 하겠어.”

“뭐든지 하겠다니……. 진심으로 하는 소리야?”

유즈키는 속마음을 읽어내려는 듯 나를 뚫어져라 바라보았다.

나는 그 눈빛에서 뭐라 표현하기 힘든 감각을 느꼈다.

평소에 교실에서 즐겁게 이야기하던 유즈키와는 완전히 다른 사람 같은, 지성과 의지가 깃든 눈빛이었다.

이것도 내게 보여주지 않았던 일면 중 하나일 것이다.

“맞아. 예를 들어…… 네가 여동생과 쓰리썸을 요구해도 받아들이겠어!”

“거기까지 부탁한 적은 없거든?!”

아무래도 의욕이 지나쳤던 모양이다.

하지만 하겠다고 한 이상 남자라면 끝까지 밀어붙일 뿐이다.

“……따, 딱히 안 된다는 건 아니지만.”

“되, 되는 거냐?!”

혹시 유즈키도 나처럼 밀어붙여 보자고 마음먹은 것일까.

나의 무모한 고백은 약간, 아니, 상당히 탈선하고 말았지만 그래도 아직까지는 진행 중인 모양이었다.

물론 멈춰 설 생각은 추호도 없었다.

2. 쌍둥이 여동생은 실재했던 모양입니다

학교에서 역까지는 도보로 5분. 여기에서 전철을 타고 여섯 정거장을 지나면 집에서 가장 가까운 역에 도착한다.

가깝지는 않지만 멀다고 할 정도도 아닌 거리였다.

우리 학교는 수도권에 위치해 있기 때문에 등교 시간만 되면 전철이 붐비는 편이었다.

하굣길도 마찬가지였다. 타이밍이 나쁘면 집으로 돌아가는 학생들로 전철 안이 빼곡했다.

그렇다고 꼼짝도 못 할 정도로 혼잡한 건 아니었다. 하지만……내가 전철에서 손잡이를 잡고 서 있으면 내 주변은 언제나 휑하니 비어있었다.

처음에는 내 몸에서 냄새라도 나나 싶었다.

하지만 곧 그것이 착각이었다는 사실을 깨달았다.

이유는 단순했다. 나를 무서워하는 것이다.

내 키는 180cm로 큰 편이고, 겉모습은 마른 편이지만 가까이서 보면 은근히 근육질이다.

딱히 운동을 하고 있지는 않다. 그저 근육이 붙기 쉬운 체질인 탓이었다.

그리고 무엇보다, 이목구비가 뚜렷하고 눈매가 날카로웠다.

심지어는 약간의 근시까지 있어서 수시로 미간을 찌푸리곤 했다. 주변 사람들에게는 겁주는 것처럼 보이는 모양이었다.

물론 겁을 준 적은 한 번도 없었다.

"…………."

근처에 앉아있던 샐러리맨이 나를 보더니 흠칫했다.

그렇게 겁먹을 필요는 없잖습니까.

그래도 이제는 익숙했기 때문에 사람들이 나를 무서워해도 상처를 받지는 않았다.

오늘은 생각할 거리가 많아서 더욱더 그랬다.

아니, 고민거리라고 표현해야 할 것이다.

흔들리는 전철 안. 나는 날카로운 인상을 더욱 구기며 생각에 잠겼다.

물론 오늘 방과 후에 있었던 고백에 대해서다.

츠바사 유즈키는 약간 불량한 스타일의 여학생이다. 농담도 자주 하고, 사람도 곧잘 놀렸다.

하지만 유즈키와 이렇다 할 접점이 없었던 나도 그녀가 진지한 고백에 농담으로 대답할 사람이 아니라는 것쯤은 알고 있었다.

유즈키에게도 했던 말이지만, 유즈키는 고백한 상대를 바보 취급하면서 즐거워하는 성격의 소유자가 아니었다.

유즈키는 피라미드의 정점에 위치한 학생이다. 학교의 여왕이라 말해도 과언이 아니었다.

불량하기만 한 학생은 여왕이 될 수 없다.

수십 년 전의 학교라면 폭군이 통치할 수 있었을지도 모르지만, 이미 그런 시대는 지났다.

분위기를 읽지 못하고 배려심이 부족한 녀석은 정점에 서기는

커녕 어느 그룹에도 끼지 못한다.

피라미드의 상층이든, 하층이든 마찬가지다.

요즘 같은 시대에서 학교의 정점에 서는 것은 독재자가 아닌 민주적인 리더였다.

뭐, 잡설은 이쯤 하고, 요점은 유즈키가 고백한 상대에게 무례하게 굴 리 없다는 것이다.

"그리고 그 말인즉……."

유즈키의 대답이 진짜라는 이야기가 된다.

심지어 나는 유즈키의 조건을 승낙해 버렸다.

쓰리썸…… 아니지, 유즈키의 여동생과 양다리를 걸치기로 한 것이다.

완전 이득 아닌가? 문득 그런 생각이 스쳐 지나갔지만 나는 곧 고개를 가로저었다.

그러잖아도 오해받기 쉬운 얼굴인데 여자아이 두 명과 같이 사귄다니. 누가 보면 협박이라도 했다고 생각할 것이다.

그랬다. 나는 남들에게 무서운 사람이라고 여겨지기 일쑤였다.

하지만 유즈키는 나를 무서워하기는커녕 이름으로 불러주고, 친절하게 말을 걸어주었다.

심지어는 엄청나게 예쁘기까지 했다.

단순하고 유치한 이유였지만 이쯤 되면 좋아하게 되는 것도 당연했다.

설마 내가 남들처럼 누군가를 좋아하게 될 줄은 생각지도 못했다. 하지만 좋아하게 된 것은 좋아하게 된 것이다.

그래서 용기를 쥐어짜 고백했건만, 상황이 이상하게 흘러가고 말았다.

내가 유즈키에게 대답한 직후, 다른 여학생들이 교실로 들어와 유즈키와 대화를 나누기 시작했다.

다른 여학생들 앞에서 고백이니, 쌍둥이니, 쓰리썸이니 하는 말을 꺼낼 수는 없었기 때문에 오늘은 일단 얌전히 돌아가기로 했다.

"……응?"

전철이 중간 역에 정차하더니 수많은 사람이 쏟아져 들어왔다.

승객의 대다수는 대학생으로 보였다. 순식간에 전철 안이 비좁아졌다.

몇 명이 나를 보고 움찔했지만 그냥 그러려니 했다.

나보다 나이 많은 사람을 겁먹게 만드는 것도 이미 익숙했다.

"으……."

문득 가냘픈 목소리가 들렸다.

바로 옆에서 난 소리였다. 그쪽을 보니 여자아이가 한 명 서 있었다.

아니, 안으로 들어온 대학생들에게 떠밀려 여기까지 와버린 모양이었다.

흰색 교복. 방금 전에 화제에 올랐던 슈우카 여고의 학생인 듯했다.

긴 머리에 베레모, 그리고 큼지막한 검은색 안경을 착용하고 있었다. 얼굴에는 마스크까지 쓰고 있었다.

그래서 표정을 정확히 알아보기는 힘들었지만 어딘가 곤란해 보였다.

자세히 보니, 대학생들이 등으로 그녀를 꾸역꾸역 밀어붙이고 있었다.

고의는 아닌 모양이지만 체구가 작은 여학생으로서는 견디기 힘들었을 것이다.

여학생은 손잡이도 붙잡지 못하고 비틀거리고 있었다.

저대로 내버려 두면 좌석에 넘어져 버릴 것만 같았다.

"…………."

나 원. 대화에 몰두하는 것도 좋지만 주변에도 신경을 좀 쓰라고.

"잠깐 실례."

나는 여학생과 대학생들 사이로 슥 끼어들었다.

그러고는 대학생들을 등으로 막아내면서 여학생을 내가 있었던 장소로 유도했다.

무엇을 숨기랴. 나는 중학교 때 농구부였다.

타고난 신장과 체격을 살려서 1학년 때부터 주전으로 활약했다.

특히 골 밑 경쟁이나, 상대 선수를 제압하는 스크린 아웃이 특기였다.

나보다 크고 무거운 선수를 상대로도 밀린 적이 없었다.

마음만 먹으면 만원 전철에서도 원하는 자리를 사수할 수 있었다.

"우왓……?"

체구가 큰 내가 끼어들자 그제야 대학생들도 뒤쪽에 사람이 있다는 사실을 눈치챈 모양이었다.

억지로 끼어드는 내 행동에 다들 당황한 눈치였지만 불평은 하지 않았다.

큰 소리를 내서 일을 키우기는 싫었는지 묵묵히 항의의 눈빛을 보낼 뿐이었다.

"고, 고맙습니다……."

"됐어."

여학생이 기어들어 갈 것 같은 목소리로 감사를 표했다.

나는 적당히 대답하고 고개를 돌렸다.

내 얼굴을 보면 괜히 겁만 먹을 테니까.

"꺅!"

"……윽."

바로 그때, 전철이 크게 흔들리면서 여학생과 정면으로 부딪치고 말았다.

물컹, 하는 감촉이 느껴졌다.

여학생의 가슴이 내 몸에 뭉개져 있었다.

엄청난 크기. 엄청난 탄력. 엄청난 부드러움!

교복을 입고 있는데도 감촉이 이 정도로 고스란히 전해져 오다니……!

"죄, 죄송합니다……."

"아냐. 나야말로……."

나는 고개를 돌린 채로 무뚝뚝하게 대답할 수밖에 없었다.

그러는 사이 두 개의 폭력적인 덩어리는 더욱더 강하게 뭉개져 왔다. 일부러 들이미는가 싶을 정도였다.

미안하지만 나는 유즈키 일편단심이다. 이런 서비스를 받는다 한들 내 마음은 흔들리지 않는다.

내 몸은 반응을 보였지만 건강한 남고생이므로 용서해 주기를 바란다.

흔들리는 전철 안에서 묵묵히 시간이 흘러갔다.

이윽고 목적지에 도착하자 대학생들이 문 쪽으로 우르르 몰려들었다.

하필이면 같은 역이냐. 나는 그런 생각을 하면서도 덤덤하게 전철을 나섰다.

드디어 두 개의 감촉에서 해방되었다. 살짝 아쉬운 마음도 들었다.

여고생의 가슴. 조금 더 만끽하고 싶었는데…….

아니. 잠깐. 진정하자.

가슴도 중요하지만 지금은 다른 문제에 집중할 때였다.

방금 전까지만 해도 인생에서 가장 중요한 고민을 하던 중이었지 않은가.

나, 오늘 밤 제대로 잠들 수는 있을까?

"……."

"…………."

"…………."

"………………."

"……도대체 뭔데?!"

"히익!"

고함을 치면서 뒤를 돌아보니 작은 비명 소리가 들렸다.

"나한테 무슨 용건이라도 있어?"

내 눈앞에는 방금 전의 여학생이 있었다.

전철에서 내려 개찰구까지 나왔음에도 뒤쪽에 찰싹 붙어서 따라오고 있었던 것이다.

"꼬, 꼭 용건이 있어야만 하나요?"

"보통 아무런 이유 없이 사람을 따라가진 않지."

그나저나 정말로 나를 따라오고 있었던 건가.

"방금 전 일이라면 감사받을 일도 아냐. 신경 쓰지 마."

"그것도 있지만…… 어라, 얘기 못 들으셨나요?"

"얘기라니? 무슨 얘기?"

"그, 그게…… 저기…… 죄송해요! 이쪽으로 와주세요!"

여학생은 내 손목을 덥석 붙잡고 걸어가기 시작했다.

얌전한 겉모습에 어울리지 않은 강경한 태도였다.

그렇게 여학생은 사물함이 있는 전철역 구석으로 나를 데리고 왔다.

"자, 잠시만 기다려 주실래요?"

"……알았어."

반사적으로 고개를 끄덕이자 여학생은 베레모와 검은색 안경을 벗었다.

"도수 없는 안경이에요."

"그, 그래?"

하지만 외모를 꾸미기에는 너무 투박하게 생긴 안경이었다.

"그리고……. 아, 이게 남아있었네요."

여학생은 뒤로 묶고 있던 검은색 머리를 풀어 내렸다. 그리고 마지막으로 마스크를 벗기 시작했다.

"후우카라고 했던가. 츠바사 유즈키의 쌍둥이 여동생."

"어라?! 이제 막 마스크를 벗기 시작했는데 어떻게 아셨어요?!"

"뭐, 여기까지 오면 눈치를 챌 수밖에."

여자애가 내 얼굴을 보고 겁먹지 않은 것으로도 모자라서 이렇게 인적이 드문 장소로 데려오다니. 보통은 있을 수 없는 일이다.

슬프지만 절대 불가능하다고 단언해도 좋았다.

허투루 17년간 무서운 얼굴로 살아온 것이 아니었다.

만약 예외가 있다면…….

오늘 그 존재를 알게 된 '유즈키의 여동생'밖에 없었다.

이 정도도 예상하지 못할 만큼 바보는 아니었다.

"확신은 없었지만 틀려도 본전이라는 심정으로 말해봤어."

"그, 그런가요……. 유즈 언니한테 전부 들으셨군요."

"듣기는 했다만……."

그건 그렇고, 정말로 유즈키와 닮았다. 사전 지식 없이도 알아볼 수 있을 정도였다.

내 경우에는 행동으로 눈앞의 여학생이 후우카라는 사실을 깨달았지만, 이렇게 얼굴을 내놓고 다니면 누구라도 두 사람이 쌍둥이라는 것을 눈치챌 것이다.

머리 모양도, 옷차림도, 분위기도 달랐지만 얼굴이 붕어빵처럼 똑같았다.

한 치의 오차도 없다고 말해도 과언이 아닐 정도였다.

"언니한테 들었다면 설명이 쉽겠네요. 그럼 가죠."

"어? 가다니?"

어디로 가자는 거지……?

"유즈 언니와 사귀면 제가 덤으로 따라오거든요."

"덤이라니, 무슨 소리를……."

"그걸 가르쳐 드리기 위해서 가자는 거예요. 아니, 몸소 깨닫게 해드릴게요!"

"그렇게 말하니까 왠지 무섭잖아!"

필요 이상으로 의미심장한 표현이었다.

오늘은 지극히 평범한 하루였건만. 설마 이렇게 파격적인 전개가 연달아 이어질 것이라고는 하느님도 생각지 못했을 것이다.

고등학생이 택시를 탈 일은 많지 않다.

내 경우에는 태어나서 단 한 번도 택시비를 내 본 적이 없었을 정도였다.

그런데 츠바사 후우카는 당연하다는 듯이 역 앞에서 택시를 불러 세우더니 당연하다는 듯이 나를 동승시켰다.

이 여자, 생긴 것과 달리 씀씀이가 좋구나.

택시를 타고 이동하기를 10분 정도.

택시에서 내린 우리가 들어선 곳은…….

"경치가 꽤 괜찮죠? 밤이 되면 훨씬 더 예뻐요."

"…………."

세상 물정에 어두운 고등학생조차 알만한 어느 유명 호텔의 한 객실.

집앞 전철역 주변에 호텔이 있다는 사실은 알고 있었다. 하지만 설마 내가 이곳에 오게 될 줄이야.

스위트룸은 아니지만 평범한 고등학생은 절대로 묵을 일이 없는 곳이었다.

"……어쩌다 내가 이런 곳에 오게 됐지?"

"보시다시피 저는 유즈 언니와 똑같이 생겼어요."

"뜬금없이 그게 무슨 말이야? 뭐…… 확실히 똑같긴 하지만."

유즈키의 머리색은 갈색이고, 후우카의 머리는 검은색이다.

머리카락과 옷차림을 제외한다면 전혀 분간하지 못할 것이다.

나도 바보는 아니지만 그렇다고 관찰력이 뛰어난 편은 아니니까.

"솔직히 말해서 유즈키와 후우카를 구별할 자신은 없어. 내가 너희를 구별하길 원한다면 포기해 줘."

"굉장히 단호하게 말씀하시네요……."

후우카가 멍한 표정으로 말했다.

괜한 기대를 받느니 처음부터 확실하게 짚고 넘어가는 편이 나았다.

매사에 분명히 해둬야 오해가 생기지 않는다.

"……대부분의 사람들은 저희를 구별하려고 노력하는데 말이죠."

"그게 예의겠지."

누가 누군지 모르겠다는 태도로 일관하는 것은 무례한 행위다.

하지만 모르는 것을 안다고 말하는 것도 마찬가지로 실례였다.

"구별하길 원한다면 노력은 할게. 하지만 별로 자신은 없어."

"아하핫."

후우카가 웃음을 터트렸다. 얌전한 겉모습에 어울리지 않는 태도였다.

"굳이 저희를 구별하려 애쓰실 거 없어요. 애초에 구별하든 못하든 상관없지만요."

"세상을 너무 막사는 거 아냐?"

츠바사 후우카와 나눈 대화는 아직 몇 마디 정도에 불과했다.

하지만 벌써부터 짐작할 수 있었다. 이 녀석이 위험한 인간이라는 사실을.

나도 융통성이 없는 인간이지만, 후우카는 나 이상으로 특이한 녀석이었다.

"머리색까지 통일했다면 전혀 알아보지 못했겠네요."

"……머리색을 다르게 한 건 서로 구별하기 위해서야?"

"아뇨. 단순한 치장이에요. 요즘 세상에 머리를 물들이는 건 특별한 일도 아니니까요."

"…………."

유즈키는 학교에서 머리를 풀고 활동하는 게 대부분이지만, 가끔은 묶거나 땋기도 했다.

확실히 유즈키는 겉모습을 꾸미는 데 관심이 많은 듯 보였다.

머리색도 어디까지나 꾸미기의 연장이라는 뜻인가. 하긴, 그게 보통이긴 하다.

"색만 다르다면 누가 검은색이든 누가 갈색이든 상관없어요. 다만, 제가 갈색이면 별로 안 좋게 보더라고요. 보다시피 저는 청순한 타입이라 흑발이 어울리거든요."

"뭐, 쌍둥이를 구분하는 수단으로는 무난하네. 나도 머리색이 다르면 알아보기 쉽고."

"아, 그렇다면."

후우카는 혼자서 고개를 끄덕이더니 근처에 있던 전화기를 집어 들었다.

"아, 프론트인가요? 죄송해요. 염색약을 가져다주실 수 있나요? 네. 적당히 밝은 갈색으로 몇 개만 부탁드려요."

"이봐, 잠깐! 지금 여기서 언니랑 똑같은 색으로 물들일 생각이야?!"

그보다 호텔 프론트에서는 염색약까지 사다주는 건가?

설마 룸서비스로 주문한 것은 아닐 테고……. 아니지, 고급 호텔이라면 가능한가?

"네. 구별할 필요가 없다는 말을 여기서 증명하려고요."

"증명할 필요 없어. 네가 유즈키를 빼닮았다는 건 잘 알았으니까. 구별하지 못해도 괜찮다면 나도 고집하진 않을게."

"그럼 다행이네요. 잠시 실례."

후우카는 프론트에게 뭐라고 말하고는 수화기를 내려놓았다.

"대충 정리가 된 것 같네요. 앞으로 저와 유즈 언니를 잘 부탁드립니다.”

“바로 그 부분이 문제야!”

“뭐, 뭐가요?”

“너도 들었겠지? 나는 츠바사 유즈키에게 고백했어. 그런데 어째서 여동생인 너와도 사귀어야 하는 거냐고.”

나는 유즈키와 사귀고 싶어서 양다리를 걸쳐달라는 부탁을 수락했다. 하지만 정작 당사자인 후우카의 의견은 아직 들어보지 못했다.

“너도 곤란할 거 아냐. 졸지에 나하고 사귀게 된 셈이니까.”

“아뇨, 아무 문제 없어요. 저는 덤이라고 생각해도 좋아요.”

절레절레 고개를 내젓는 후우카.

도대체 무슨 소린지…….

“멀쩡한 사람을 어떻게 덤으로 생각하란 거야. 난 그렇게 뻔뻔한 녀석이 못 돼. 너도 처음 만나는 남자와 사귀기는 싫잖아.”

“저는 마사키 씨와 처음 만나는 게 아닌걸요?”

“…………뭐?”

나는 후우카의 얼굴을 멍하니 쳐다보았다.

후우카와 만난 건 오늘이 처음이었다.

“전혀 만난 기억이 없는데…….”

“무슨 말씀이세요. 자, 이걸 보세요.”

“스마트폰? 봐도 괜찮겠어?”

나는 후우카가 내민 스마트폰을 받아 들고 화면을 들여다보았다.

사진 어플이 활성화되어 있었다.

"……응? 이건 나잖아."

화면이 비추고 있는 것은 내 옆모습이 찍힌 사진이었다.

배경을 보니 전철역에서 찍은 사진인 듯했다.

"이런 사진을 찍은 기억은 없는데?"

"저는 찍은 기억이 있는데요."

"그야 그렇겠지! 여기 이렇게 사진이 있으니까. ……설마 도촬한 거야?!"

"죄, 죄송해요……! 너무 찍고 싶어서 참을 수가 없었어요……."

"……딱히 사진을 찍힌 걸로 화가 나진 않았어. 그런데 참을 수가 없었다는 건 도대체 무슨 뜻이야?"

후우카가 눈물을 글썽이며 사과하자 괜히 내가 잘못한 기분이 들었다.

뭐, 솔직히 말하면 사진을 찍히는 건 익숙했다. 내 무서운 얼굴을 찍고 싶어 하는 특이한 녀석들이 종종 있었기 때문이다.

"그치만…… 뒤를 미행하는 것만으로는 부족한걸요. 집에 가서도 얼굴을 보고 싶었어요."

"얼굴을 보고 싶었다니……. 잠깐만. 방금 굉장히 수상한 말을 하지 않았어?"

"제가 마사키 씨를 스토킹했다는 말밖에 안 했는데요?"

"안 했는데요? 는 무슨! 스토킹이라고?!"

"사람의 뒤를 몰래 쫓아다니면서 불쾌한 기분이 들게 만드는 행위예요."

"설명을 해달란 게 아냐! 게다가 불쾌한 기분이라니, 알면서도 한 거냐!"

"마사키 씨와 마주할 용기가 있었다면 그렇게 했을 거예요. 하지만 제가 할 수 있는 건 도촬이나 스토킹이 고작이었어요……."

"…………."

좋아, 일단 진정하자.

나는 둔감한 녀석도 아니고, 딴죽을 거는 캐릭터도 아니다.

츠바사 후우카의 이야기를 정리하고 요점을 간추려 보자.

"혹시 후우카는…… 예전부터 나를 좋아했던 거야?"

"네, 맞아요……."

얼굴을 확 붉히는 후우카.

젠장, 당했다. 귀엽다고 생각해 버렸다.

하긴, 짝사랑하는 여성과 똑같이 생겼으니 귀여워 보이는 게 당연한가.

"죄송해요. 제대로 설명해 드릴게요. 저한테는 아무런 비밀도 없고, 뜸 들일 생각도 없어요. 마사키 씨에게 부담을 끼치진 않을게요. 스트레스 없는 인생이 제 신조거든요."

"신조라니……."

물론 뜸을 들이는 것보다는 솔직하게 진실을 말해주는 쪽이 나로서도 편했다.

"그 일이 있었던 건 따뜻한 봄바람이 부는 4월의 어느 날이었어요."

"4월?"

참고로 지금은 6월 초입이다.

"저는 평소처럼 덜컹덜컹 전철을 타고 등교를 하고 있었죠."

"의성어는 필요 없지 않을까?"

"슈우카는 부잣집 아가씨들이 많은 학교지만 자가용을 이용한 등하교는 금지되어 있어요. 특별한 사정이 있다면 예외지만요. 납치될 가능성이 있다던가, 테러리스트에게 노려지고 있다던가."

"팍팍한 세상이구만……."

요즘 시대에도 납치가 존재하는 건가.

예전에는 종종 몸값을 노린 납치가 행해졌다고 한다. 하지만 통신이 발달하고, 도시 곳곳에 방범 카메라가 설치된 현대 일본에서는 금세 붙잡힐 게 분명했다.

"현대 사회는 녹록지 않아요. 부잣집 여식이라도 세상이 어떻게 돌아가는지 정도는 알아야 하죠. 전철을 타는 법도 모르면 무식하다고 시집도 못 가요."

"헤에, 그렇구나."

자신을 부잣집 여식이라고 공언하는 점이 대단했다.

그래도 망설임 없이 택시를 타는 것을 보면 확실히 돈은 많아 보였다.

"저도 고등학교에 진학한 뒤로는 전철로 통학하려 노력하고 있어요. 다만……."

"…………."

무슨 말을 하려는지 대충 예상이 되었다.

"생각보다 이상한 사람이 자주 꼬이더라고요. 2개월 전의 일인데, 말쑥한 양복 차림의 중년 아저씨가 제 옆에 서서 하악, 하악 하고 머리카락의 냄새를 맡았어요."

"소심한 건지, 뻔뻔한 건지. 별난 치한이구만."

어느 쪽이든 치한이라는 사실에는 변함이 없지만.

사회적으로 매장당해 버려라.

"머리카락의 냄새를 맡는 것만으로는 범죄를 입증하기도 어려워요. 코는 항상 뚫려 있으니까요. 냄새를 맡는 건 불가항력이죠."

"그러게. 냄새를 맡았다고 연행된 경우는 들어본 적이 없네."

치한범 적발에는 피해자의 증언이 중요한 역할을 하지만 물리적인 접촉이 없으면 범인으로 단정 짓기 힘들었다.

"하지만 그 중년 아저씨는 제 머리카락 근처에 얼굴을 들이대고 코를 킁킁거렸어요. 차라리 엉덩이를 만지는 게 낫겠다 싶을 정도로 기분이 나빴죠."

"아무리 그래도 엉덩이를 만지는 것보단 낫지 않을까."

하지만 후우카의 심정은 충분히 전해져 왔다. 어지간히도 싫었나 보다.

남자인 내가 듣기에도 굉장히 기분 나빴다.

"바로 그때였어요. 마사키 씨가 나타난 건."

"…………."

왠지 이런 내용일 것이란 예상은 들었다.

킁킁거린 것이 중년이 아니라 나였다는 식의 의표를 찌르는 전개가 아니라서 다행이었다.

"마사키 씨는 방금 전처럼 저와 아저씨 사이로 끼어들어 아저

씨를 노려봤어요. 그리고 말씀하셨죠. 명함과 신분증을 내놓으라고."

"…………."

"저는 감탄했어요. 그도 그럴 게, 치한이 제일 싫어할 만한 요구였으니까요. 생긴 건 험악한데 의외로 지능파구나 싶었어요."

"나를 욕하는 것처럼 들리는데?"

"설마요."

고개를 좌우로 절레절레 내젓는 후우카.

이 녀석, 착한 얼굴과 달리 꽤나 독설가다.

다만, 실제로 내가 그렇게 말했을 가능성은 높았다.

싸움에는 자신이 있지만 나는 상식적인 현대인이다. 폭력을 휘둘러 봤자 이쪽만 불리해질 뿐이다.

물론 보통은 남고생이 신분증을 요구한다고 중년 남성이 넙죽 내놓을 리 없었다.

내가 무섭게 생겼기 때문에 위협이 먹히는 것이다.

불편한 점이 많은 얼굴이지만 가끔씩 도움이 되는 경우가 있었다.

"……잠깐. 내가 치한으로부터 널 구해줬다면…… 덤으로 사귀어 달라는 말은 이상하지 않아? 정식으로 사귀는 거라면 모를까."

"저는 십 대 소녀인걸요. 결혼을 전제로 하는 것도 아니잖아요. 좋아하는 사람이 생겼으면 일단은 사귀고 보는 거죠."

"그, 그래도 그렇지……."

좋아하는 사람이라니…….

얌전하게 생겨서는 의외로 직설적인 여자였다.

오히려 이쪽이 부끄러워지기 시작했다.

"무슨 말인지는 알았어. 하지만 그것만으로는 납득이 잘 안 되네. 미안하지만 당장은 믿기 어려울 것 같아."

"네, 그럴 수 있어요. 그래서 믿게 해드리려고 데려온 거예요."

"그렇게 말해도 난 모르겠어. 왜 내가 여기에 있는지."

어쩐지 아까부터 계속 후우카에게 휘둘리는 기분이었다.

"쉽게 말해…… 제가 어떤 여자인지 알려드리고 싶어서예요."

"…………?"

갑자기 후우카가 실이 끊어진 인형처럼 침대 위에 쓰러졌다.

검은색의 긴 머리카락과 치마가 침대에 넓게 펼쳐졌다.

"……갑자기 왜 그래?"

"뜸 들이지 않겠다고 했잖아요. 그러니 마사키 씨가 원하는 대로 하세요. 믿음이 갈 때까지 제 몸을 구석구석 조사해 보세요."

"믿음이 갈 때까지 뭘 하라고?!"

차려진 밥상이다 이거냐!

말해 두지만, 나는 처음 만난(내 기준으로) 여자에게 손을 댈 만큼 뻔뻔한 녀석이 아니다!

"잘 들어, 후우카. ……네 언니랑 헷갈리니까 일단은 후우카라고 부를게."

"이름으로 불리는 것만으로도 아랫배가 욱신거려요……."

이 녀석, 사실은 단순한 변태였던 게 아닐까?

"단도직입적으로 말할게. 자신의 몸을 소중히 하도록 해, 후우카."

"아낄 만큼 대단한 것도 아닌걸요."

"…………."

즉답을 하는 후우카. 충격적인 발언이다.

까놓고 말해서 충분히 아깝고 대단했다.

잡지 모델로 활동했던 유즈키와 똑같이 생겼으니 얼굴은 이미 인증받은 미소녀였다.

게다가 몸매도 발군이었다. 침대 위에서 몸을 살짝 비트는 것만으로도 가슴이 출렁거렸다.

저 몸을 미끼로 사용하면 멍청한 남자들이 줄줄이 낚일 것이다. 달라는 건 뭐든지 가져다 바치지 않을까.

"혹시 마사키 씨는 동정인가요?"

"나는 그런 표현을 함부로 사용하는 여자를 좋아하지 않아."

"반성할게요. 하지만 마사키 씨가 영 소극적이신 것 같아서요. 이렇게 되면 제가 직접 보여드려서라도…….."

후우카는 일부러 몸을 꼼지락대며 가슴골이 강조되는 선정적인 포즈를 취했다.

"그, 그만두래도!"

"저, 벗으면 꽤 훌륭하답니다?"

"아주 막 나가는구나!"

"그래도 막상 벗으려니 부끄럽네요……. 마사키 씨가 치마를 벗겨주세요."

"…………."

후우카는 프릴이 들어간 긴치마를 살짝 들추어 허벅지를 드러냈다.

꿀꺽. 나는 자기도 모르게 침을 삼키고 말았다.

도대체 이게 무슨 상황이람.

처음 만난 여자애가, 그것도 줄곧 짝사랑했던 상대와 똑같이 생긴 여자애가 침대 위에서 나를 유혹하고 있다.

"지금이 기회예요. 눈앞에 자신을 좋아하는 여자아이가 있잖아요. 심지어 그럭저럭 귀엽기까지 하고요. 일단 덮치고 보는 게 순리 아닌가요?"

"……무서운 말을 하는구만."

이쯤 되면 정말로 덮쳐도 되지 않을까?

내가 바람둥이는 아니지만 그렇다고 목석인 것도 아니다.

고2 남학생이 이런 상황에서 얌전히 물러나는 것은 만화나 애니메이션에서나 있는 일이다.

내게는 좋아하는 상대가 있다.

가급적이면 그녀만을 바라보고 싶었다.

하지만 연애 감정과는 별개로, 남자로서의 본능이 꿈틀거렸다.

그렇다면…….

"잠깐 멈춰어어어어!"

"유, 유즈키?!"

"유즈 언니?!"

"뭘 잘했다고 놀란 표정을 짓고 있어! 놀란 건 나라고!"

갑자기 문이 벌컥 열리며 츠바사 유즈키가 엄청난 속도로 뛰어

들어왔다. 사냥감을 쫓는 치타에 버금가는 속도였다.

　어지간히도 서둘렀는지 유즈키는 어깨를 들썩이며 가쁜 숨을 내쉬고 있었다. 얼굴에서는 땀방울이 흘러내렸다.

　"후우카! 이게 도대체 무슨 짓이야!"

　"오늘부터 사귀기로 정한 낭군님을 호텔로 데려왔어요."

　"……아무래도 그런 것 같네."

　여동생의 직설적인 대답에 목소리를 누그러트리는 유즈키.

　학교에서는 여왕님이나 다름없는 유즈키도 여동생에게는 약한 모양이었다.

　"어, 어쨌든 옷부터 입어! 말해 두는데, 마사키는 이 정도로 네게 홀라당 넘어갈 만큼 쉬운 녀석이 아냐!"

　"그런가요? 넘어오기 직전인 것처럼 보였는데……."

　침대에 드러누운 채로 나를 흘끔 쳐다보는 후우카.

　큭, 이 여동생은 의외로 날카로운 구석이 있구나.

　그나저나 위험했다.

　만약 내가 1초라도 일찍 유혹에 넘어갔다면 유즈키에게 후우카를 덮치는 모습을 보여주고 말았을 것이다.

　아무리 두 사람과 사귀기로 했다지만 그건 곤란했다. 처음 만난 여자를 덮치는 장면을 목격한다면 백년해로한 부부라도 정나미가 떨어질 것이다.

　"…………."

　"……잠깐, 유즈키. 갑자기 뭐 하는 거야?"

　무슨 생각인지 유즈키가 말없이 침대에 드러누웠다.

똑같이 생긴 두 명의 미소녀가 더블 침대에 나란히 누워있는 광경은 내게 상당한 임팩트를 선사했다.

"왠지 여동생한테 진 기분이 들어서."

"오히려 침대에 드러누운 시점에서 네 패배 아닐까?"

"그치만 마사키가 원하던…… 쓰, 쓰리썸을 할 수 있는 찬스 잖아?"

"…………"

"와, 마사키 씨, 제법이네요. 셋이서 함께 즐기는 걸 원하신다면…… 저도 OK예요."

"그렇게 당당하게 말하면 오히려 하기 힘들다고."

내가 아무리 못났어도 이런 상황에서 두 사람을 덮칠 만큼 욕망에 찌든 인간은 아니었다.

"……하긴. 그건 그렇네."

"그런데 유즈키, 우리가 이곳에 있다는 걸 어떻게 알았어?"

"후우카한테서 문자가 왔어. 마사키를 이 호텔로 데려오겠다고."

"어느 틈에……."

아니지, 이곳에 오는 도중에 택시 안에서 충분히 연락이 가능했을 것이다.

"그러면 열쇠는? 어떻게 안으로 들어온 거야?"

"의외로 자질구레한 걸 신경 쓰는구나, 마사키는."

유즈키가 침대에서 몸을 벌떡 일으키며 대답했다.

"이 호텔은 우리 소유거든. 후우카가 잡은 방이니까 열쇠 정도는 매니저한테 말하면 얼마든지 받을 수 있어."

"아하. 이 호텔이 유즈키의…… 뭐라고?!"

"별거 아니니까 신경 쓰지 마."

"……잘도 신경이 안 쓰이겠다."

이 고급 호텔이 유즈키네 소유라고?

츠바사 가문은 재벌이라도 되는 건가?

"뭐, 후우카가 멋대로 급발진을 해준 덕분에 이야기가 간단해졌네."

"나는 아직도 뭐가 뭔지 모르겠는데."

"금방 알게 될 거야. 괜히 뜸 들일 생각은 없거든."

"동생이랑 똑같은 말을 하네."

"그야 자매니까. 자, 백문이 불여일견이야. 따라와."

"따라오라니? 또?"

"그래. 기대해도 좋아."

"…………."

이번에는 어디로 데려가려는 속셈일까.

고백을 하고, 후우카와 만나고, 이 호텔까지 오게 되면서 내 처리 능력은 이미 한계에 달한 상태였다.

나를 얼마나 더 못살게 굴어야 직성이 풀릴까…….

자칫하면 고백한 것을 후회해 버릴 것만 같았다.

3. 쌍둥이는 한 사람을 사랑하는 모양입니다

그랑리베시아 요미하마.

40층에 달하는 고층 아파트의 이름이었다.

역까지 도보로 2분 거리라는 최고의 입지는 기본이고, 최상층의 분양가는 1억 엔을 가볍게 호가한다.

하늘에 닿을 것 같은 위압적인 외관. 2층으로 구성된 호화로운 로비.

아파트 내부에는 헬스장과 수영장, 스카이라운지에 온천까지 구비되어 있었다.

당연하다는 듯이 24시간 상시 대기 중인 컨시어지.

주상복합으로 되어있어 비가 오더라도 우산 없이 마트나 편의점에 갈 수 있었다.

"뭐, 찾아보면 여기보다 비싼 아파트도 있어. 우리가 소유한 아파트 중에서는 중간 클래스야."

"중간 클래스⋯⋯."

이게 중간이면 우리 집은 상중하의 하도 아니다. 바닥을 뚫고 내려가야 된다.

현재 나와 츠바사 자매는 그랑리베시아(어느 나라 말이지?)의 최상층에 있었다.

호텔을 나와서 택시를 타고 이동하길 수십 분.

호텔로도 벅찼는데 이렇게 호화로운 아파트에 초대될 줄이야.

"집 구성은 3LDK야. 어디에나 있는 평범한 집이지."

"확실히 3LDK가 맞기는 한데……."

방이 3개에 거실, 식사 공간, 부엌이 갖춰져 있다는 뜻이었다.

하지만 방 하나하나가 터무니없이 넓었다.

방 한 칸에 웬만한 가정집이 통째로 들어갈 정도였다.

모든 방에는 드레스룸이 설치되어 있었다.

욕실과 화장실도 두 개씩 있었다.

바베큐 파티가 가능해 보이는 멋진 발코니까지 딸려있었다.

어디에나 있는 평범한 집이라니, 말도 안 되는 소리다.

"엄청난 집에 살고 있었구나, 유즈키."

나는 고급 호텔에 끌려갔을 때보다 훨씬 더 긴장하고 있었다.

당연했다. 좋아하는 여자애가 살고 있는 집이니까.

유즈키는 나를 집으로 안내한 것으로도 모자라 자신의 방까지
보여주었다.

고백을 받아준 것도 놀랐지만, 설마 고백한 날 당일에 유즈키
의 방을 보게 될 줄이야.

유즈키의 방이 생각보다 차분한 디자인이라는 점도 나를 살짝
놀라게 했다. 유즈키의 화려한 겉모습과 다른 무채색의 방이었다.

"마사키 씨, 유즈 언니. 마실 거 타 왔어요."

"고마워, 후우카. 내 여동생 어때? 되게 참하지? 이쪽으로 와,
마사키."

"…………."

일단 고개를 끄덕인 나는 거실로 향했다.

그리고 유즈키의 손짓을 받아 테이블 앞의 소파에 앉았다.

　유즈키는 내 맞은편 소파에 앉았고, 여동생인 후우카도 언니의 옆자리에 걸터앉았다.

　테이블에는 세 잔의 아이스 커피가 놓여 있었다.

　도대체 뭐지, 이 상황은…….

　어째서 나는 두 명의 미소녀와 마주 앉아 티타임을 갖고 있는 것일까.

　"다시 설명할게. 이곳이 나와 후우카의 집이야."

　"그건 알겠는데…… 너희 부모님은?"

　"정확히 말하면 이곳은 츠바사 가문의 별장이지."

　"별장…….."

　서민과는 전혀 인연이 없는 단어다.

　"우리가 학교에 다니기 쉽도록 부모님이 이 집을 사줬어. 본가가 있기는 하지만, 부모님도 일이 바빠서 호텔에서 숙식을 해결하는 경우가 많거든."

　"출장을 다니는 곳마다 집을 사는 건 돈 낭비니까요."

　"상식이 있는 건지 없는 건지…….."

　이 쌍둥이의 부모님은 업무를 위해서 각지로 출장을 다니는 모양이었다.

　그러니 호텔 생활을 하는 것까지는 이해가 되었다.

　하지만 딸들의 통학을 위해서 고급 아파트를 통째로 구입하는 건 정상과는 거리가 멀었다.

　"일단 상황을 정리해 보자. 나는 오늘 마사키의 고백을 수락했어. 단, 여동생인 후우카와 함께 사귀겠다는 조건으로."

"덤으로 따라온 후우카랍니다."

후우카가 싱글벙글 웃으며 덧붙였다.

"그리고 여느 때처럼 마사키 씨를 스토킹하던 제가 마사키 씨에게 사정을 설명해 드렸죠. 저를 치한에게서 구해준 마사키 씨에게 호감을 갖게 되었다고 말예요."

"뒤이어 바보 여동생이 너를 호텔로 끌고 가서 덮치려고 했지."

"윽. 유즈 언니, 바보라뇨. 4월 모의고사 결과를 잊으셨나요? 저와 유즈 언니는 전과목 동점이었잖아요. 제가 바보면 유즈 언니도 바보예요."

"시험 점수와 지능은 별개야. 이 바보야."

쌍둥이가 서로를 째려보았다. 중간에서 불꽃이 튀었다.

"좋아요. 오늘이 언니의 제삿날이에요."

"하, 좋다 이거야. 덤벼 보시지."

"너희들이 애냐!"

가만히 듣던 내가 참다못해 소리쳤다. 유치원생 수준의 말싸움이었다.

유즈키도 학교에서 보여주는 모습과는 딴판이었다.

이런 유치한 성격으로는 학교의 여왕님이 될 수 없다고!

"게다가 설명도 부족해! 여동생이 나를 좋아한다는 건 알겠지만, 쌍둥이와 함께 사귀어야 하는 이유는 아직도 모르겠어!"

"유즈 언니, 저는 마사키 씨와 사귀고 싶은 이유를 털어놨어요. 다음은 언니 차례예요."

"⋯⋯그, 그렇잖아도 말할 생각이었어."

유즈키의 얼굴이 귀까지 빨갛게 물들었다.

역시 집에서의 유즈키는 학교에 있을 때와 전혀 달랐다.

얼굴을 붉히는 유즈키라니. 학교에서는 단 한 번도 본 적이 없었다.

오히려 여자에게 내성이 없는 남학생들에게 서슴없이 말을 걸어 얼굴을 붉히게 만드는 쪽이었다.

"마사키, 내 동생을 치한한테서 구해줘서 고마워. 언니로서 감사를 표할게."

"딱히 구해주려고 한 건 아니지만⋯⋯. 뭐, 결과적으로 그렇게 된 모양이네."

그 정도로 후우카 같은 미소녀에게 호감을 사다니⋯⋯. 인생이 너무 쉽다는 생각이 들었다.

"⋯⋯햇살이 따뜻해지기 시작한 4월의 어느 날이었어."

"응?"

"그날 나는 혼자서 동네를 거닐고 있었지. 종종 있는 일이야. 많은 사람과 떠들다 보면 지치기 마련이거든."

"뭐, 유즈키는 늘 학생들의 중심에 있으니까. 주변으로부터 압박을 받는 것도 당연하겠지."

"맞아! 내 말이 그 말이야! 살인마처럼 생긴 주제에 꽤 날카롭네!"

"생긴 게 무슨 상관인데. 그런데 왜 기뻐하는 거야?"

유즈키는 누군가에게 자신의 속내를 간파당한 경험이 없는 것일까?

"아무도 눈치를 못 채니까. 그렇다고 다가오는 사람들을 거절하면 너무 거만해 보이잖아?"

"불만이 있으면 말하면 되잖아. 그게 마음에 안 들어서 떠나가는 녀석이 있으면 떠나가게 놔두면 돼."

"마사키의 말이 맞아. 하지만 인간관계라는 게 이성적으로만 흘러가진 않잖아."

"이해는 되네. 외향적인 애들은 친구를 잃는 걸 두려워하니까. 유즈키도 그런 건가?"

"뭐, 비슷해. 이야기가 옆길로 샜네. 어쨌든, 난 그날 말차라떼를 마시면서 길거리를 돌아다니고 있었어. 그런데 웬 대학생 3인조가 말을 걸어오더라."

"헌팅이군."

나로서는 믿기 힘든 이야기지만, 세상에는 지나가는 여자에게 말을 걸어서 최종적으로 호텔까지 데리고 들어가는 인간이 존재한다는 모양이다.

사교성이 얼마나 뛰어나면 그런 짓이 가능한 것일까.

여자 쪽도 마찬가지다. 용케 이름도 모르는 녀석과 데이트할 생각이 드는구나 싶었다.

응? 만나자마자 호텔로 들어간다라……. 최근에 비슷한 경험을 한 것 같은데?

"그 녀석들, 끈질기더라. 하긴, 나 같은 미소녀는 평생에 한 번 만날까 말까 하니까 필사적으로 들이대는 것도 이해는 하지만!"

"그건 그렇지. 유즈키는 예쁘니까."

"…………! 너, 너 말야. 당사자 앞에서 용케도 그런 말을 하는구나."

"응? 너도 예쁘다는 말은 자주 들어서 익숙할 거 아냐."

"남친한테 듣는 건 경우가 다르다고!"

"남친?!"

"자기야, 같은 식으로 부르고 싶지는 않은걸."

"호, 호칭을 걸고넘어진 게 아니라…… 그…… 나는 네 남자친구인 거야?"

"나한테 고백까지 해놓고 무슨 소리야. 나는 네 여친이야."

"저도 여친이에요. 마사키 씨는 저희 남친이고요."

"……하던 이야기나 계속해 줘."

우리들의 이 이상한 관계에 대해서는 나중에 따로 정리하기로 했다.

"우연히 근처를 지나가던 마사키가 그 헌팅 3인조를 쫓아내 줬어."

"…………마무리가 너무 무성의하지 않아?"

"아직 끝난 게 아냐. 그 녀석들, 마사키가 혼자인 걸 알고는 위협하면서 겁을 주더라. 그런데 마사키가 노려보니까 목숨을 구걸하면서 도망쳐 버렸어."

"……그런 일이 있었나?"

"기억하지 못하다니 별일이네. 보통 그런 경험은 평생에 한 번하기도 힘든데."

"안타깝지만 나는 걸어 다니기만 해도 온갖 트러블에 휘말리는 타입이거든."

치한이든, 헌팅이든 못된 녀석을 발견하면 이 무서운 얼굴로 문제를 불식시키곤 했다.

나한테는 딱히 특별한 일도 아니기 때문에 일일이 기억할 수는 없었다.

다만…….

"난 헌팅을 당한 사람이 유즈키라는 것도 알아보지 못했던 건가?"

"그럴 수밖에. 마사키는 내 얼굴을 제대로 보지도 않았거든. 도와주기만 하고 가던 길을 가버렸어. 평범한 일과라도 되는 것처럼 태연하게 구해주고는 그대로 떠나버린 거야."

"뭐, 익숙한 건 사실이지……. 그리고 나는 평소에 여자애들 얼굴을 잘 안 보려고 하거든."

"어째서인가요?"

"내가 여자애의 얼굴을 보면 그 여자애도 내 얼굴을 보게 되잖아. 겁먹게 만들고 싶지는 않아."

"심연을 들여다보면 심연도 너를 들여다볼 것이다, 뭐 그런 건가요? 하지만 저는 전혀 무섭지 않아요."

후우카가 공감하기 어렵다는 듯이 말했다. 하지만 내가 가급적 여자애들과 얼굴을 마주하길 피하는 건 사실이었다.

유즈키뿐만이 아니었다. 후우카를 치한에게서 구해주었을 때도 웬만하면 얼굴을 쳐다보지 않으려고 했었다.

"뭐, 그런 이유로 마사키를 좋아하게 된 거야."

"너희는 왜 그렇게 쉽게 반하는 건데!"

거기서 갑자기 좋아한다는 결론으로 귀결되다니!

여동생은 치한에게서 벗어났고, 언니는 헌팅으로부터 벗어났다.

뭐, 물론 두 사람에게는 특별한 경험이었을 것이다.

치한도, 헌팅을 시도한 녀석들도 무슨 짓을 저지를지 모를 일이니까.

나도 그것이 대수롭지 않은 일이라고는 결코 생각하지 않았다. 생각하지 않지만……!

"자기를 구해주면 아무나 다 좋다는 거야?"

"그럴 리 없잖아."

"그럴 리 없잖아요."

"…………너희들, 사실은 나 싫어하지."

입을 모아 말하는 두 사람. 머리가 이상해질 것만 같았다.

"아니야."

"아니에요."

쌍둥이는 동시에 자리에서 일어나더니 내 양쪽으로 다가와 앉았다.

유즈키와 후우카에게서 좋은 향기가 났다.

냄새까지 완전히 똑같다니. 아니지, 단지 똑같은 샴푸를 쓰고 있을 뿐인가.

"나랑 후우카는 같은 날에 태어나 같은 날에 걸음마를 배웠어."

"중학생 때까지는 학교도 똑같은 곳을 다녔죠. 시험 점수도 모든 과목 동점을 받아서 컨닝을 했다고 의심받기도 했어요. 오컬트를 좋아하던 선생님은 텔레파시설을 주장했지만요."

"……다른 사람의 취미를 가지고 왈가왈부하고 싶지는 않지만 일과 취미는 구분해야겠지."

오컬트설은 컨닝이라고 의심하는 것보다 더 문제가 있어 보였다.

"웃기는 소리지. 우리가 제대로 마음먹고 컨닝을 했으면 똑같은 점수를 낼 리가 없는걸."

"그런데도 어처구니없는 누명을 쓰는 바람에 저희는 다른 고등학교로 진학해야 했어요."

"……그랬군."

진학 시험에서도 자매가 똑같은 답지를 제출하고, 똑같은 점수를 받는다면 쓸데없는 의심을 살 우려가 있었다.

운 좋게 진학 시험에 통과하더라도 문제였다. 고등학교에서도 중학교 때와 똑같은 일이 벌어지지 말라는 법이 없었다.

"무슨 상황인지는 알겠어. 그래서 결국 무슨 말이 하고 싶은 건데?"

내가 두 사람의 향기에 가슴을 두근거리면서 말했다. 그러자 두 사람은 이번에도 완전히 똑같은 타이밍에 몸을 들이대 왔다.

물컹! 양쪽 팔에서 부드러운 감촉이 느껴졌다.

"나와 후우카는 하나부터 열까지 다 똑같다는 거야."

"다른 건 성격과 머리색 정도예요. 친가에서는 의도적으로 머리 모양을 바꾸기도 했지만요. 가족들이 제발 좀 바꾸라고 부탁했거든요. 구별이 안 된다면서."

츠바사 집안의 부모님도 쌍둥이 딸을 키우느라 고심이 많은 모양이었다.

두 사람은 겉모습뿐만 아니라 행동까지 묘하게 일치하는 구석이 있었다. 두 사람이 학교에서도 함께 지낸다면 크고작은 문제가 발생했을 가능성이 컸다. 컨닝 의혹이 아니더라도 말이다.

유즈키와 후우카가 다른 고등학교로 진학하게 된 것은 불가피한 일이었을지도 몰랐다.

"그래서 누군가에게 반하는 것도 마찬가지예요."

"똑같은 타이밍에 똑같은 사람을 좋아하게 되죠."

"………뭐?"

두 사람이 더욱더 몸을 밀착시켜 왔다. 거의 끌어안다시피 한 자세가 되었다.

"뜨, 뜬금없이 그게 무슨 소리야?"

"전혀 뜬금없지 않아. 지금까지 실컷 설명했잖아."

"방금 전까지 말씀드린 내용과 다르지 않아요."

"어느 날 오후, 마사키가 나를 헌팅남에게서 구해줬지."

"어느 날 아침, 마사키 씨가 저를 치한에게서 구해줬어요."

유즈키와 후우카가 입을 모아 말했다.

동시에 말하면 알아듣기 힘들어, 라고 말하고 싶지만 또렷하게 들리고 말았다.

"같은 날에 같은 사람을 좋아하게 된 거야."

"같은 날에 같은 사람을 좋아하게 된 거예요."

""그것이 우리(저희) 자매에게 주어진 운명인 거야(거죠)."

"자, 잠깐만 기다려. 방금 말은 소리가 겹쳐서 제대로 못 들었어."

"그러면 알기 쉽게 설명할게."

"그러면 알기 쉽게 설명해 줄게요."

"…………!"

유즈키와 후우카가 나를 덥석 껴안고 얼굴을 들이댔다. 그리고 뺨에다 키스를 했다.

양쪽 뺨에서 두 개의 부드러운 감촉이 느껴졌다.

"우리는 줄곧 찾아다녔어. 둘이 함께 좋아할 수 있는 사람을."

"그리고 마침내 발견했죠. 저와 유즈 언니가 좋아할 수 있는 사람을. 그러니……."

"마사키가 우리를 좋아하게 만들기 위해서라면 뭐든지 할게!"

"마사키 씨가 저희를 좋아하게 만들기 위해서라면 뭐든지 할게요!"

"…………………."

쌍둥이 미소녀와 동시에 사귄다라.

어떻게 보면 꿈과도 같은 상황이었다. 하지만…….

두 사람의 적극적인 태도가 너무 무서웠다.

벌써부터 이렇게 마구 들이대고 있는 것이다. 앞으로 쌍둥이에게 휘둘리는 신세로 전락하진 않을까?

아니지, 이렇게 보여도 무섭게 생긴 얼굴 덕분에 웬만한 트러블에는 익숙해져 있었다.

두 사람이 유일하게 좋아할 수 있었던 남자가 나라고 한다면…….

의외로 내가 두 사람에게 가장 어울리는 상대일지도 몰랐다.

여기서 굳이 이런 속마음을 밝힐 필요는 없겠지만.

"무슨 말인지는 잘 알았어. 덕분에 궁금증은 전부 풀렸어."

현재로서 더 궁금한 점은 없었다.

믿기 힘든 이야기였지만 두 사람이 나를 놀리는 것처럼 보이지는 않았다.

그렇다면…….

"알겠어. 까짓것 한꺼번에 사귀어 보자고!"

"꺄악!"

"아앙!"

나는 두 팔을 뻗어서 쌍둥이를 덥석 껴안았다.

유즈키와 후우카는 저항하기는커녕 오히려 강하게 내 몸을 끌어안았다.

"그렇게 나와야지!"

"저희가 선택한 사람은 역시 운명의 남자였네요, 유즈 언니!"

약간 자포자기 섞인 선택이긴 하지만, 그래도 괜찮을 것이다.

유즈키뿐만 아니라 후우카도 좋아하려 노력해 보자.

두 미소녀에게 사랑받는 이 상황이 꿈만 같은 현실이라는 것도 사실이니까.

설마하니 두 명의 여자애와 동시에 사귀게 되다니. 심지어 본인들이 더 적극적이라니.

이런 찬스를 놓칠 수는 없었다.

나 역시 건강한 남고생이다. 이렇게 된 이상 두 미소녀와의 교제를 즐겨보자 이거야!

"그런데 마사키. 너무 달라붙은 거 같은데……."

"아, 혹시 정말로 쓰리썸을 하시려고……."

"나를 뭘로 보고!"

누가 들으면 짐승인 줄 알겠다.

"관계를 가진다고 하더라도 순서라는 게 있잖아. 걱정하지 마. 다짜고짜 들이대진 않을 테니까."

"들이대도 괜찮은데, 우리는."

"오히려 저희 쪽에서 들이대고 싶을 정도예요. 하지만 그러면 마사키 씨가 당황하시겠죠."

"…………."

이 쌍둥이, 발언이 너무 대담하다.

"당황스럽긴 하지. 운명의 남자라는 것도 솔직히 과장스럽고."

"아니. 우리한테는 그렇지도 않아."

쪽. 유즈키가 다시 한번 내 뺨에 키스를 하며 웃었다.

"운명이라. 우리 같은 자매를 두고 '운명의 쌍둥이'라고 한대."

"평범한 일란성 쌍둥이 수준을 넘어서 운명으로 이어져 있는 거죠."

쪽. 후우카도 내 뺨에 키스를 했다.

"데스티니 트윈즈……."

확실히, 두 사람이 방금 전에 했던 말들이 사실이라면 운명으로 이어져 있다고 생각할 수밖에 없었다.

　이제는 나도 그 운명에 휘말리고 말았다 이건가…….

　"아, 그렇지. 말씀드리는 걸 깜빡했네요."

　"그러게. 완전히 까먹고 있었어."

　"응? 뭔데?"

　"마사키, 오늘부터 여기에서 살도록 해."

　"마사키 씨, 오늘부터는 여기가 당신의 집이에요."

　"…………."

　나, 유즈키와 사귀기 위해서라면 뭐든지 하겠다고 말했던가?

　오늘의 교훈. 경솔한 발언은 삼가도록 하자.

좋아하는 아이에게 고백했더니

쌍둥이 여동생이

딸려왔다

덤으로

SUKI NA KO NI KOKUTTARA
FUTAGO NO IMOUTO GA
OMAKE DE TSUITEKITA

4. 쌍둥이는 내 사정을 알고 있는 모양입니다

마사키가는 지극히 평범한 서민 집안이다.

가업은 오래된 상점가에 위치한 라면 가게, 진롱.

전국 각지에 똑같은 이름을 가진 라면 가게가 즐비하지만, 우리 가게의 이름은 유래가 단순했다. 성씨인 마사키(眞木)와 아버지의 이름인 '류우지(竜二)'에서 한 글자씩을 따왔을 뿐이다.

그 아버지가 젊은 시절에 시작한 라면 가게로, 전통 같은 것도 없었다.

어느 동네에나 하나씩은 있는, 싸고 맛있는 서민들의 중화요리점이었다.

「그래, 이야기는 들었다. 너, 고급 아파트에 살게 됐다면서.」

"왜 벌써 다 알고 있는 건데!"

나는 아직도 츠바사 가문의 거실에 있었다.

푹신한 소파에 앉아 아버지와 통화를 하는 중이었다.

「마침 잘됐군. 와카바도 벌써 중학교 1학년이니까. 오빠랑 똑같은 방을 쓰기 싫다고 전부터 말했거든. 너한테 냄새가 난다면서 불평하는 것 같더라.」

"웃기는 소리. 엄마가 아버지 팬티만 따로 세탁기에 돌리는 건 알기나 해? 와카바가 엄마한테 부탁했어."

「뭐, 뭐라고?! 도대체 언제부터? 네 팬티는?」

"애석하지만 내 팬티는 와카바 거랑 같이 세탁하고 있지."

「너야말로 웃기는 소리 마라! 성욕에 찌든 남고생의 팬티가 당연히 더 더럽지! 뭐가 묻어있을지 모르는데!」

"내 팬티는 깨끗하다고! 쓸데없는 소리 좀 그만하셔!"

반항기는 한참 지났지만 아버지가 워낙 이상한 사람이라 대화만 하면 늘 투닥거렸다.

남자다움을 신념으로 삼은 나지만 이따금 말투가 거칠어지는 것은 아마도 아버지 탓이었다.

「쓸데없는 소리라니! 나한테 와카바는 라면 스프만큼이나 소중한 자식이다!」

"스프랑 동일 선상에 놓지 마."

와카바는 올해로 중학교 1학년이 된 내 여동생이다.

자칭 진룡의 마스코트로, 어디서 얻었는지 차이나 드레스를 입고서 가게 일을 도와주곤 했다.

실제로 와카바를 보려고 찾아오는 손님도 적지 않았다.

우리 가게는 로리콘의 소굴인가?

하지만 동네 사람들은 아무것도 모른다. 내 여동생은 마스코트 같은 앙증맞은 표현으로 설명할 수 있는 녀석이 아니다.

귀여운 것은 겉모습뿐이다.

아니, 됐다. 아버지한테도 말했다시피 지금은 와카바에 대해서 왈가왈부할 때가 아니다.

"아들을 이름도 모르는 사람의 집에서 살게 하다니. 아버지로서 너무 무책임하잖아."

「딸이면 몰라도 고등학생씩이나 된 아들놈은 내가 알 바 아니야.

오히려 잘됐다. 이참에 츠바사 가문의 자식이나 되어버려라.」

"친아버지라고는 생각할 수 없는 발언이네. 아버지는 괜찮더라도 그쪽에는 민폐일지 모르잖아."

「츠바사 가문이라면 괜찮겠지.」

"왜 다 안다는 듯이 말하는 건데. 츠바사 가문에 대해서 아무것도 모르면서."

「응? 어쩐지 대화가 맞물리질 않더라니. 너, 츠바사 씨가 누군지 모르는 거냐?」

"뭐……? 잠깐, 나랑 츠바사 가문 사이에 뭔가 있는 거야……?"

쌍둥이와 대화를 나누면서 두 사람이 특이한 사고방식의 소유자라는 것은 이해했다.

하지만 아무리 그래도 오늘 처음 만난 사람과 동거한다는 것을 납득하기란 쉽지 않았다. 무언가 이유가 있을 것 같다는 생각을 지울 수가 없었다.

"아버지! 츠바사 가문에 대해서 아는 게 있다면 말해줘!"

「딱히 아무것도 없는데? 평범한 라면집에 사는 우리가 고급 아파트에 사는 사람들과 연줄이 있을 리 없잖아.」

"그러면 처음부터 사연이 있을 것처럼 말하지 마! 이 망할 아버지!"

「이놈, 아버지한테 욕을 하면 수십 년 후에 병상에 누운 나를 보면서 '그때 어째서 아버지한테 그런 말을 했을까……'라고 후회하게 될 거다.」

"쓸데없이 현실적인 예언이네……."

하지만 아버지가 아니더라도 사람한테 함부로 쓸 표현은 아니었다. 반성하자.

「어쨌든 고등학생쯤 됐으면 별것도 아닌 걸로 일일이 투덜거리지 마라. 인생은 길어. 때로는 모르는 사람의 집에서 살기도 하는 법이야.」

"없어, 그런 일."

　만화나 드라마를 보면 동거를 하는 장면이 종종 등장하기는 했다. 하지만 막상 동거할 처지에 놓이니 당황스럽기 그지없었다.

「뭐, 집이 그리워지면 언제든지 돌아오……라고 말하진 않으마.」

"말해. 우리 집이잖아."

「가게가 붐비면 전화할 테니까 바로 튀어오고.」

"결국 부려먹는 게 목적이구만!"

　우리 라면 가게는 맛집으로 소문이 날 정도는 아니지만 장사는 그럭저럭 잘되는 편이었다.

　아버지와 어머니는 물론이고, 바쁜 시간에는 나와 와카바까지 장사에 동원되고 있었다.

　하지만 마스코트로 제 역할을 톡톡히 하는 여동생과 달리, 나는 접시나 닦는 게 고작이었다.

　내 요리 실력은 처참했다. 양파도 제대로 못 썰어서 요리에 써먹을 수 없는 수준이었다.

「어이쿠, 이만 끊으마. 가게가 바빠지기 시작했거든. 몸조심해라, 아들아.」

"그래. 엄마랑 와카바한테도 몸조심하라고 전해줘."

나는 그렇게 말한 뒤 전화를 뚝 끊었다.

아버지는 감기나 걸리라지.

그건 그렇고, 놀랐다.

"아, 통화 끝났어? 슬쩍 들었는데, 마사키는 아빠랑 대화할 때 말투가 꽤 난폭하더라."

"아빠라는 다정한 표현이 어울리는 인간이 아니야……."

어느새 거실에 나타난 유즈키가 내 옆에 털썩 앉았다.

"설마 벌써 부모님들끼리 이야기가 되었을 줄이야……. 유즈키는 알고 있었어?"

놀랍게도 츠바사 자매의 부모님은 이미 우리 부모님과 연락을 마친 상태였다.

이 집에 초대받은 지도 얼마 되지 않았건만. 전개가 너무 빨라서 따라가기 힘들었다.

"응. 츠바사 가문은 언제나 행동이 빠르거든. 부모님도 그렇고, 우리도 그렇고."

"결국 너희 부모님은 이곳에 안 오시는 건가?"

"애초에 부모님 방도 없는걸. 와봤자 복도에서 자야 할 거야."

"하다못해 소파에서 자게 해드려라."

이 아파트를 분양한 것인지, 임대한 것인지는 모르겠지만 돈을 지불한 사람은 엄연히 쌍둥이의 부모님이었다.

츠바사 가문에서는 자식들이 부모를 학대하는 건가?

부잣집 가문의 어둠을 엿본 기분이었다.

있는 집안은 겉만 보고는 알 수 없다더니. 너무 무섭다.

"마사키, 지금 되게 무례한 생각을 하지 않았어?"

"내버려 둬. 이런 상황에서 정상적인 생각을 하는 게 이상한 거야."

"말에 뼈가 있네. 하지만 딱히 당황한 것처럼 보이진 않는데."

"얼굴에 드러나지 않았을 뿐이야. 표정을 바꾸면 다들 겁을 먹거든."

"나는 마사키를 봐도 무섭지 않아."

"…………."

유즈키가 나를 빤히 쳐다보았다.

여자애가 내 얼굴을 이렇게 응시하는 것은 처음이었다.

나를 처음 본 여자애들은 다들 떨면서 시선을 피하기 일쑤였다. 그거 은근히 상처받는단 말이지.

"있잖아, 마사키."

"응?"

"마사키가 나를 좋아하게 된 건 내가 널 무서워하지 않아서지?"

"마, 맞기는 한데……."

이렇게 단도직입적으로 물어보면 아무리 나라도 부끄러웠다.

설마 내가 유즈키를 좋아하게 된 이유가 들통나 버렸을 줄이야.

단순한 이유였지만 이렇게 간단히 간파당할 줄은 몰랐다.

"헤에. 역시 그랬구나. 쉽게 반하는 건 우리 자매만의 문제가 아니었던 모양이네."

"…………."

나는 속마음이 겉으로 잘 드러나지 않는 인간이건만.

유즈키는 나를 꿰뚫어 본 것이 기뻤는지 히죽히죽 웃으면서 나를 바라보았다.

그 얄미운 표정마저 내게는 귀엽게 느껴졌다.

"……응? 유즈키, 옷은 언제 갈아입었어?"

"이제야 눈치챈 거야? 집에서 교복 차림으로 돌아다닐 수는 없잖아."

유즈키는 웃음기를 머금은 채로 내게 과시하듯 긴 다리를 꼬아 보였다.

상의는 목덜미가 깊게 파인 하얀 티셔츠. 영어가 프린트된 티셔츠였다.

아래는 허벅지가 훤히 드러난 숏 팬츠로, 전반적으로 편안한 복장이었다.

"……집에서는 편한 차림이네."

"드라마도 아니고 집에서 치마를 입지는 않지. 거추장스럽기만 하니까. 주름도 생기고."

"그, 그렇군."

나는 긴 다리로부터 시선을 돌리며 대답했다.

내 여동생은 갈아입기 귀찮다면서 집에서도 교복으로 생활하던데.

"아, 통화가 끝나셨군요. 부모님들끼리 이러쿵저러쿵해서 별문제 없었을 거예요. 그렇죠?"

"이러쿵저러쿵이라니……."

이번에는 후우카가 모습을 드러냈다.

후우카는 흰색의 민소매 원피스를 입고 있었다.

발목까지 내려올 정도로 기다란 원피스로, 옷자락이 나풀나풀 흔들렸다.

"여동생은 유즈키와 의견이 다른가 보네."

"후우카는 마사키를 꼬시려고 저렇게 입은 거야. 평소에는 반바지에 수건 한 장만 걸치고 생활하거든."

"정말 그렇게 입는다고?! 목욕을 마친 아저씨처럼?"

"어, 언니가 거짓말을 하는 거예요! 저는 집에서도 치마가 편해서 그래요!"

그렇구나. 깜짝 놀랐다.

집에서 어떤 차림으로 생활하든 개인의 자유지만, 적어도 미소녀라면 어느 정도는 갖춰 입어야 한다고 생각한다.

남자의 로망을 부정당하고 싶지는 않으니까.

"유즈 언니, 거짓말은 못 써요. 참, 통화가 끝나셨으면 방으로 안내해 드릴게요."

"방으로? 내 방을 말하는 거야?"

"물론이지. 3LDK라고 말했잖아. 나와 후우카, 마사키가 각자 하나씩. 계산 정확하지?"

"계산은 맞지만 상식은 부정당한 기분인데……."

"자, 가자. 특별히 꾸며놓은 건 없지만 말야."

유즈키는 내 말을 무시하고 자리에서 일어나더니 손을 잡아당겼다.

나는 그대로 거실 밖으로 끌려가야 했다. 복도를 나아가 방문

앞에 도착하자, 유즈키가 눈앞의 문을 열어젖혔다.

"여기야. 크기는 나랑 후우카가 쓰는 방하고 비슷할 거야."

"햇빛도 잘 들어와요. 지금은 날이 어두워져서 잘 모르시겠지만요."

"…………."

안내받은 방은 웬만한 원룸에 버금갈 정도로 넓었다.

카펫이 쫙 깔린 바닥과 얼룩 한 점 없는 하얀 벽.

책상과 선반, TV와 테이블, 그리고 침대까지.

심플하지만 필요한 가구는 전부 마련되어 있었다.

"음. 나는 복도에서 잘게."

"무슨 소리야?!"

"무슨 소린가요! 복도에서 지내게 할 순 없어요!"

"……방이 너무 고급스러워서 몸이 받아들이질 못하고 있어. 에어컨도 안 틀었는데 공기가 시원해……."

"냉난방 시스템이 설치되어 있어서 그래. 벽에 에어컨처럼 생긴 구멍이 있지?"

벽 속에 설치된 배관을 통해서 시원한 바람이 유입되고 있는 건가.

소음도 거의 없다시피 했다. 우리 집에 설치된 에어컨은 고장이라도 난 것처럼 엄청 시끄러운데.

"역시 나한테는 너무 과분해. 1층 로비에서 잘게."

"경비원한테 쫓겨날걸. 나까지 혼날 거야."

"맞아요. 유즈 언니가 혼날 거예요."

"후우카는 발뺌할 생각이구나……."

운명으로 이어진 쌍둥이라고 말할 때는 언제고 언니를 방패로 삼다니.

"됐으니까 이 방을 쓰도록 해. 후우, 이제야 좀 정리가 됐네."

"그 외에도 필요한 게 있으면 말씀해 주세요. 아, 마사키 씨 댁에서 이쪽으로 짐을 보내주시기로 했어요. 업자도 이미 불렀고요."

"일이 척척 진행되고 있구나. 내가 모르는 곳에서."

"그치만 우리도 오늘 이렇게 될 줄은 예상하지 못했는걸. 얼른 기본적인 환경은 갖춰놔야지. 따지고 보면 마사키가 우리한테 고백한 게 원인이잖아?"

"정말로 내 책임인 걸까……?"

물론 거절당하는 것보다는 나았다.

솔직히 십중팔구 거절당할 것이라고 생각했기 때문에 유즈키의 집에서 두 사람과 대화하고 있는 지금 이 순간이 꿈만 같았다.

하지만 예상을 뛰어넘은 것으로 모자라 박살 내버린 기분인지라…….

"어쨌든 가만히 서서 떠든다고 변하는 건 없어요. 이제 곧 7시라구요."

"응? 벌써 그렇게 됐어?"

후우카의 말을 듣고 나서야 정신이 들었다.

방과 후에 유즈키에게 고백한 뒤로 벌써 세 시간이나 흐른 것이다.

스토킹을 당하고, 호텔로 납치되고, 심지어는 여고생 자매가 거주하는 아파트로 끌려와 동거까지 하게 되었다.

지금껏 내 인생에서 이토록 농밀한 3시간은 없었다.

"일단은 저녁부터 드시죠. 마사키 씨는 아직 혼란스러우신 것 같으니 식사라도 하시면서 마음을 가라앉혀 봐요."

"그러자. 나도 배고프던 참이었어. 조금만 기다리고 있어, 마사키."

"응……?"

유즈키와 후우카는 내 방을 나와 복도를 걸어갔다.

나도 배가 고프기는 했다. 배달 음식이라도 시키려는 건가?

츠바사 가문의 주방 설비는 무척 훌륭했다.

대리석 천장에, 충분한 화력을 가진 3구짜리 가스레인지, 여기에 고기와 생선을 직화로 구울 수 있는 오븐까지 갖춰져 있었다.

대형 사이즈의 냉장고에는 당연하다는 듯이 정수기와 식기 세척기가 딸려있었다.

이 정도 설비를 갖추려면 음식점인 우리 가게보다도 비싼 돈이 들지 않을까?

"후우카, 기름에 튀길 때는 빠르게 부탁해. 온도도 마침 딱 적당해."

"네, 언니. 그러면 바로 튀길게요."

"기름이 튀니까 조심하고. 국 요리는 후우카한테 맡길게. 나는 그동안 소스를 준비해야지. 양배추도 썰어야 하고."

"부탁할게요. 양배추는 저쪽에 올려놨어요."

"………."

호흡이 척척 맞았다. 한 치의 흐트러짐도 없었다.

쌍둥이는 고기를 썰고, 튀김옷을 입히는 등 역할을 분담해 작업을 진행해 나갔다.

보아하니 오늘 저녁의 메인 메뉴는 돈가스인 모양이었다.

돈가스를 메뉴로 선택한 것은 식성이 좋은 날 위해서였을까.

"있잖아, 얘들아."

"뭔가요? 죄송한데 조금 바빠서요."

"우리는 소스도 수제로 만들거든. 배합에 신경을 써야 돼."

두 사람 모두 굉장히 진지해 보였다.

학교에서도 이렇게 진지한 유즈키의 모습은 본 적이 없었다.

"나도 도울게. 자잘한 심부름 정도는 가능할 거야."

"됐어. 우리 둘이서 하는 편이 더 빠르거든. 잡음이 끼어들면 오히려 느려질 거야."

"자, 잡음……."

"리듬이 망가지면 오히려 효율만 떨어질 거예요. 얌전히 앉아서 기다려 주세요, 마사키 씨."

"………."

대놓고 방해꾼 취급을 받아버렸다.

하긴, 솔직히 말해서 두 사람 사이에 끼어들 자신은 없었다.

우리 부모님도 라면 가게를 운영하면서 오랜 세월 역할 분담을 해왔지만 쌍둥이는 그 이상이었다.

쌍둥이라는 건 20년을 함께한 부부보다 호흡이 잘 맞는 건가.

뭐, 단지 이 쌍둥이들이 특별한 걸지도 몰랐다.

나는 80인치에 달하는 TV를 켜고 딱히 재미도 없는 예능 프로그램을 시청했다.

혼자 거실에서 뒹굴거리며 여자가 음식을 내오길 기다리는 처지라니.

뭐랄까, 기둥서방이 되어버린 기분이었다.

"마사키, 오래 기다렸지!"

"기다리게 해서 죄송해요."

잠시 후, 식탁 위에 요리들이 차례차례 올라오기 시작했다.

메인은 돈가스. 두 종류의 소스와, 가득 쌓인 양배추, 포테이토 샐러드, 된장국과 흰 쌀밥.

작은 접시에 담긴 장아찌는 집에서 담근 것으로 보였다. 어마어마한 정성이다.

"자, 마사키. 식기 전에 먹어봐."

"자, 드셔보세요, 마사키 씨."

쌍둥이가 웃으며 식사를 권했다. 나는 "잘 먹겠습니다"라고 말하고는 돈가스를 한 입 베어 물었다.

"……맛있어."

"당연하지."

"당연하죠."

유즈키와 후우카의 사전에 겸손이라는 단어는 없는 모양이었다.

하지만 농담이 아니라 진짜로 맛있었다.

"우와, 젓가락질이 멈추질 않아……!"

"오오."

"와아."

어째선지 쌍둥이는 감탄하고 있었지만 나는 그쪽에 신경 쓸 겨를이 없었다.

돈가스의 튀김옷은 바삭바삭했고, 고기는 두꺼운데도 부드러워서 쉽게 찢어졌다. 육즙도 듬뿍 들어있었다.

소스는 참깨가 들어간 것과 된장을 가미한 것 두 종류가 있었다. 양쪽 모두 돈가스와 무척 잘 어울렸다.

그냥 먹어도 맛있는데 두 종류의 소스를 번갈아 가면서 먹으니 음식이 끝을 모르고 들어갔다.

육즙 가득한 돈가스를 베어 물고, 곧바로 뜨거운 쌀밥을 입속에 털어 넣는다. 엄청나게 맛있다.

돈가스 하면 빠질 수 없는 양배추도 잔뜩 준비되어 있었다. 젓가락을 움켜쥔 내 손가락은 멈출 줄을 몰랐다.

포테이토 샐러드, 된장국, 그리고 입가심을 위한 장아찌까지. 무엇을 집어도 맛있었다.

"……후우. 잘 먹었어. 맛있었어."

"어, 엄청나게 잘 먹네. 너무 많이 만들어서 걱정하고 있었는데……."

"저희가 3일 동안 먹을 음식을 한 끼에……."

쌍둥이는 어안이 벙벙한 얼굴을 하고 있었다.

나는 체격이 우락부락한 편은 아니지만 키가 크고, 무엇보다 성장기였다.

운동부 학생들만큼은 아니더라도 식사량이 제법 많은 편이었다.

"저…… 불타오르기 시작했어요, 유즈 언니! 앞으로 더욱더 요리 연구에 매진해야겠어요!"

"우리는 먹는 양이 적어서 분량에 신경을 써본 적이 없었네. 앞으로는 양으로도 승부를 봐야겠어!"

당황하기도 잠시, 쌍둥이는 의욕을 불태우고 있었다.

유즈키 자매는 매사에 긍정적이라는 생각이 들었다. 조금 지나칠 정도로.

"뭐…… 마사키의 정력에도 도움이 되겠지. 식욕이 왕성한 건 좋은 일이야."

"장어랑 자라가 효과적이라고 들었어요. 괜찮은 구입처를 찾아봐야겠어요."

"…………."

심지어 무언가를 꾸미고 있는 모양이었다.

두 사람은 작은 목소리로 속닥거렸지만 다 들리고 있었다.

뭐, 맛있는 음식을 먹을 수 있다면 불만은 없었다.

유즈키와 후우카도 접시를 비우면서 저녁 식사가 마무리되었다.

덧붙이자면, 뒷정리를 할 때에도 내가 나설 차례는 없었다.

소파에 기대어 앉아있는 동안 쌍둥이가 대신 설거지를 해주었다.

나는 본격적으로 기둥서방의 길에 접어든 게 아닐까……?

좋아하는 아이에게 고백했더니

쌍둥이 여동생이 덤으로

딸려왔다

SUKI NA KO NI KOKUTARA,
FUTAGO NO IMOUTO GA
OMAKEDE I SUITEKITA

5. 쌍둥이는 진실을 고백한 모양입니다

쌍둥이의 집에는 사치스럽게도 욕실과 화장실이 두 개씩이나 존재했다.

남자용과 여자용. 즉, 나와 쌍둥이가 각기 다른 곳을 사용하는 것이다.

솔직히 다행이었다. 또래의 여자아이와 욕실과 화장실을 공유하기는 너무 부끄러웠다.

물론, 나보다는 여자인 쌍둥이 쪽이 훨씬 더 부끄러울 것이다.

더욱 솔직히 말하자면 아직도 이 집에서 거주한다는 사실을 받아들이지 못한 상태였다.

"나, 어쩌다 이렇게 된 거지."

유즈키에게 고백하고 기묘한 대답을 들었을 때는 뭐든지 하겠다는 기분이었다.

하지만 밥을 먹고, 목욕을 해서 긴장이 풀리자 '내가 지금 뭘 하는 거지?'라는 생각이 자꾸만 피어올랐다.

그랬다. 결국 목욕까지 해버렸다.

호화로운 아파트라서 걱정했지만 욕조의 크기는 상식적인 편이었다.

하지만 그럼에도 마사키가의 욕조보다는 충분히 커다랬고, 욕조와 별개로 샤워실까지 있다는 사실에 다시 한번 놀랐다.

굳이 구분할 필요가 있는 건가?

욕조에는 거품을 발생시키는 장치가 달려있었고, 욕조 앞에는 모니터가 있어서 몸을 담그고 TV를 시청할 수 있었다. 심지어는 인터넷에도 연결되어 있어 웹 서핑도 가능했다. 방수 패널이라 간편하게 터치로 조작할 수 있었다.

믿을 수 없을 정도로 쾌적한 환경이다.

그야말로 숟가락으로 떠서 먹여주는 수준이었다. 입을 벌리고 받아먹는 것 말고는 할 게 없을 정도였다.

"후우……. 이곳에서 계속 살다간 글러 먹은 인간이 되어버리겠어."

현재 나는 욕실을 나와 방에서 휴식을 취하고 있었다.

내 방이라는 느낌은 전혀 없었지만, 푹신푹신한 쿠션 덕분에 구름에 앉아있는 기분을 맛보며 긴장을 누그러뜨릴 수 있었다.

"마사키 씨, 잠깐 괜찮을까요?"

"어이쿠!"

똑똑. 방문에서 노크 소리가 들리더니 후우카가 안으로 들어왔다.

"무, 무슨 일이야, 후우카?"

"잠깐 거실로 와주실 수 있을까요? 아직 9시밖에 안 됐잖아요. 잠들기에는 이른 시간 같아서."

"그, 그래. 응? 후우카도 목욕을 한 거야?"

어느새 후우카의 옷차림이 하얀색 반소매 원피스로 바뀌어 있었다.

방금 전까지 입고 있었던 옷과 크게 다르진 않았다. 아마도 잠옷일 것이다.

풀어 내린 머리카락은 살짝 젖어있었다.

"네, 지금 막 나왔어요. 저희는 식사를 마치면 바로 목욕을 하거든요."

"하긴, 집집마다 조금씩 다르긴 하지."

우리 집은 밤 10시까지 라면 가게를 운영했다. 게다가 뒷정리와 전처리 때문에 두 시간은 더 가게에 있어야 했다.

엄청나게 바쁘기 때문에 식사도, 목욕도 각자 시간이 날 때 적당히 해결하고 있었다.

목욕만 해도 저마다 선호하는 시간대가 달랐다. 식사 전, 자기 전 등등.

반면에 츠바사가는 저녁 식사를 마치고 목욕을 하는 것이 정석인 모양이었다. 그렇다면 식객인 나도 이곳의 규칙을 따르는 게 좋을 것이다.

아직 식객으로 지낼지 확정된 건 아니지만.

"일단은 거실로 가시죠. 유즈 언니도 금방 올 거예요."

"자, 잠깐."

후우카가 내 손을 붙잡고 억지로 일으켜 세웠다.

역에서도 이런 식으로 후우카가 나를 잡아당겼었지.

얌전하게 생긴 여동생이지만, 내면은 파워풀한 언니와 닮은 구석이 있었다.

게다가 잠옷 차림이기 때문인지 속살이 살짝 비쳐 보였다.

엉덩이 쪽에 팬티 선이 보이는 듯한…… 윽, 그만두자.

이러면 내가 치한과 다를 게 없다.

일단은 다시 거실로 돌아가기로 했다.

나는 후우카의 안내를 받아 소파에 앉았다.

사람을 글러먹은 인간으로 만드는 푹신푹신한 소파다.

"아, 욕조는 어떠셨어요? 사용법은 숙지하셨나요?"

"응. 유즈키가 가르쳐 줬거든. 남의 집 욕조는 생각보다 다루기가 쉽지 않네. 그래도 별일 없었어."

특히 이런 고급 아파트의 욕조는 최신식이라서 더욱 어려웠다. 함부로 이것저것 건드리다가 망가트리는 건 아닌지 불안했다.

유즈키가 가르쳐 주지 않았다면 물을 받지도 못하고 우왕좌왕했을 것이다.

"다행이네요. 다양한 기능이 있으니 궁금한 점이 생기면 언제든지 불러주세요."

"그건 좀……. 후우카를 욕실로 부르면 안 되지."

욕실에 발가벗고 들어간 상황에서 여자애를 부르라니.

남자도 알몸을 보이면 부끄럽긴 마찬가지다. 후우카는 그걸 모르는 걸까?

"인터폰이 있기는 해요. 그래도 직접 시범을 보이는 게 가장 확실하잖아요?"

"확실한 시범보다 상식을 중시해 줘."

"상식 말인가요. 사실 저희한테는 그게 좀 어려워서요. 아무래도 저희 자매는 상식과 거리가 있는 모양이에요."

"자각은 있으니 다행이네."

기묘할 정도로 이어진 운명의 쌍둥이에, 미소녀에, 심지어 갑부이기까지.

  확실히 상식과는 별로 인연이 없어 보였다.

  "하지만 마사키 씨도 상식이랑은 거리가 멀다고 생각해요. 과연 치한을 당하는 여자애나, 헌팅을 당하는 여자애를 도우려고 하는 사람이 얼마나 될까요?"

  "그런가? 딱히 손해 볼 게 없으면 일단 돕지 않을까?"

  "그, 그렇지 않아요. 애초에 피해가 없을 리 없잖아요. 치한을 저지를 정도면 무언가 큰 문제가 있는 인간이라는 뜻이에요. 괜히 얽혔다가는 무슨 짓을 당할지 모른다구요."

  "후우카는 의외로 염세적인 면이 있구나……."

  그리고 신랄했다.

  치한을 옹호할 필요는 없으니 신랄해도 괜찮지만.

  "끈질기게 헌팅을 하는 사람도 마찬가지예요. 비록 저희 언니가 화려하고, 드세고, 엉덩이가 가벼워 보이기는 하지만……."

  "지금 은근슬쩍 디스하지 않았어?"

  "언니는 저렇게 보여도 얼빠진 구석이 있거든요. 끈질기게 들이대면 거절하지 못하고 따라가 버렸을지도 몰라요. 그러면 무슨 짓을 당했을지……. 저도 감사를 표할게요. 언니를 구해주셔서 고맙습니다."

  내 태클을 무시하고 설명을 마친 후우카는 마지막에 가서 미소를 지었다.

  뭐, 언니를 디스한 건 잠시 접어두기로 하자.

"언니를 헌팅에서 벗어나게 해준 것 정도로 동생에게 감사받을 필요는 없다고 봐."

"잊으셨나요? 저희 자매는 놀라울 정도로 이어져 있어요."

"응……? 그게 무슨 뜻이야?"

"언니가 어디론가 끌려가서 말 못 할 짓을 당했다면 저도 다른 장소에서 끔찍한 일을 당했을지도 몰라요."

"그, 그건 지나친 생각이야. ……아닌가?"

쌍둥이는 살면서 겪는 일까지도 비슷하다는 건가?

이 츠바사 자매라면 왠지 그럴 것 같다는 생각도 들었다.

"뭔데, 뭔데. 무슨 이야기 중이야?"

"아, 유즈 언니."

이번에는 유즈키가 거실에 모습을 드러냈다.

여동생처럼 살짝 젖은 머리카락을 풀어 내리고 있었다.

가슴골이 뚜렷하게 드러나는 하얀 캐미솔에, 허벅지가 훤히 드러나는 남색의 숏 팬츠.

유즈키도 방금 전의 옷차림과 큰 차이는 없었다. 대신 노출도가 더 올라가긴 했지만…… 이곳은 두 쌍둥이의 집이다.

목욕을 마치고 편한 복장으로 갈아입는 것은 당연한 권리였다. 식객인 내가 불평할 수는 없었다.

출렁거리는 가슴도, 하얀 허벅지도 남자인 나한테는 너무 자극적이었지만.

"둘이서만 화기애애하게 얘기하는 게 어딨어. 무슨 내용인데?"

"마사키 씨랑 같이 유즈 언니 뒷담화를 하고 있었어요."

"나는 아무 말도 안 했거든?!"

"언니는 엉덩이가 가볍고 음란하다고……. 누가 말했더라?"

"이론의 여지 없이 너잖아! 심지어 음란하다는 말은 나오지도 않았고!"

"도대체 무슨 이야기를 했길래……. 뭐, 아무래도 상관없지만."

"상관없는 거냐."

유즈키는 기분 상한 기색도 없이 소파에 털썩 걸터앉았다.

그건 그렇고, 또다시 쌍둥이가 내 양쪽에 자리를 잡았다.

앞으로 이 구도가 기본이 되어버릴 것 같은 예감이…….

"그래서? 욕조는 어땠어?"

"아, 응. 욕조 말이지."

나는 방금 전에 후우카에게 했던 얘기를 그대로 들려주었다.

"앞으로 잘 지낼 수 있을 것 같네. 꽤 괜찮은 집이지?"

"오히려 너무 쾌적해서 적응이 안 돼. 우리 집은 30년 된 허름한 집이거든."

"그 라면 가게가 그렇게 오래됐었구나. 그래도 제법 깔끔하던데."

"맞아요. 내부도 청결하고, 건물도 별로 낡아 보이진 않았어요."

"요즘 시대에 너저분한 라면 가게를 찾아오는 손님은 없으니까. 건물도 너무 낡아 보이면…… 앗, 잠깐만!"

나는 유즈키와 후우카의 얼굴을 번갈아 쳐다보았다.

양쪽에 앉아있는 쌍둥이를 동시에 쳐다보려니 이것도 고생이군.

"너희들, 우리 집에 왔었어?!"

"당연하지. 좋아하는 상대가 있으면 어디에 사는지 궁금하잖아. 가게를 운영한다는데 당연히 가봐야지. 우리가 가게를 찾아갔을 때 마사키도 일하고 있던걸."

"전혀 몰랐다……."

"마사키 씨가 눈치채지 못하도록 변장하고 갔거든요. 이렇게요."

후우카가 내게 스마트폰 화면을 보여주었다.

화면에는 쌍둥이의 셀카 사진이 띄워져 있었다. 모자를 깊게 눌러쓰고 검은색 뿔테 안경을 착용한 쌍둥이가 손가락으로 V 자를 만들고 있었다.

외출하는 연예인 같은 차림이다. 알아보지 못한 것도 무리가 아니군.

쌍둥이는 라면 사진도 빼놓지 않고 찍어두었다.

틀림없다. 진룡에서 사용하는 그릇과 아버지의 라면이다.

"앗. 마사키의 여동생이네. 손님을 맞이하느라 열심이더라."

"작고 귀여운 아이였어요. 새빨간 차이나 드레스가 잘 어울리던걸요."

"차이나 드레스 차림의 여동생이라. 테이크 아웃 가능할까?"

"……사양할게. 우리 가게의 마스코트거든."

쌍둥이는 내 여동생인 와카바가 마음에 든 모양이었다.

나와 혈연관계라는 사실이 믿기지 않을 정도로 귀엽게 생겼다는 것은 나도 인정한다.

하지만……. 결국 이 쌍둥이도 여동생의 겉모습에 속아 넘어간 모양이다.

"아쉽네. 다음에 또 찾아가야지."

"팁을 얹어주면 여동생분과 잠시 대화를 나눌 수 있지 않을까요?"

"우리 가게에 그런 서비스는 없어……."

중학생한테 팁이라니. 도대체 무슨 대화를 나누려는 건지.

"쳇, 시시해. 그런데 마사키는 식기 정리나 설거지 같은 잡일만 하더라?"

"남이사. 손님들도 나같이 험상궂은 녀석보다는 여동생이 주문을 받아주길 원할걸."

"저는 마사키 씨한테 주문을 받고 싶은데."

"……그렇게 생각하는 손님은 백 명에 한 명도 찾아보기 힘들어."

아니, 진룽의 20년 역사 속에서 단 한 명도 없었다. 내가 20년이란 세월을 산 건 아니지만.

"맛있었어, 마사키네 라면. 추천 메뉴래서 볶음밥까지 주문했어."

"여동생분이 장사에 소질이 있더라고요. 저도 추천을 받아서 만두를 추가했어요."

"와카바 녀석, 처음 오는 손님한테는 자중하라고 그렇게 말했건만……."

여동생은 남에게 아양을 떠는 재주가 있었다. 특히 남자 손님들은 와카바에게 걸리면 다 먹기도 힘든 양을 주문해야만 했다.

여동생의 특기는 타인을 자신의 뜻대로 장악하는 것이다.

예를 들어, 손님이 요리를 남기려 하면 와카바는 일부러 근처를 지나가며 서운한 표정을 짓는다. 그러면 나는 과식하는 손님을 바라보면서 배가 터지지는 않을까 마음을 졸이곤 했다.

"하지만 우리 라면이 너희 입맛에 맞는다는 게 납득이 안 되네. 이렇게 화려한 아파트에 사는 사람이면 입맛도 까다로울 텐데."

"말이 심하네. 우리도 마사키랑 같은 사람이야. 마사키가 맛있다고 생각하는 건 우리한테도 맛있게 느껴져."

"뭐, 우리 아버지 라면이 맛있는 편이기는 한데……. 그러니까 내 말은……."

"저희라고 매일 프랑스 요리나 전통 요리를 먹지는 않아요. 간장계란밥이나 낫토 같은 걸로 대충 때우는 경우가 많아요."

"……서민적이네."

우리 집 라면이 칭찬을 받으니 기분이 나쁘지는 않았다.

돌이켜 보면 방금 전의 저녁 식사 메뉴도 돈가스였지. 의외로 이곳에서의 식생활도 나쁘진 않을 것 같았다.

매일같이 파스타나 샐러드 같은 음식을 먹어야 했다면 지옥이었을 것이다.

"응? 잠깐만. 유즈키, 후우카. 혹시 나를 생각해서 차린 거야? 물론 나도 부잣집 음식은 부담스럽지만, 남자인 나한테 메뉴를 맞추면 이번에는 너희가 힘들잖아."

파스타나 샐러드만 먹는 것이 나한테 지옥이듯, 츠바사 자매에게는 남고생이 좋아할 만한 기름지고 푸짐한 식단이 부담스럽지 않을까?

"마사키야말로 의외로 배려심이 넘치네. 무슨 음식이든 생각없이 먹어치울 것처럼 생겼으면서."

"저희도 좋아하는 음식을 먹을 거예요. 모처럼 셋이서 지내게 됐으니까요. 걱정하실 거 없어요."

"그럼 다행이지만……."

"마사키도 좀 더 자유롭게 행동하도록 해."

"맞아요. 마음껏 드셔도 된다구요."

"마음껏 먹으라니? 저녁 식사는 진작에 끝났……."

"프레이야, 문샤인 조명으로."

「승인. 문샤인 조명으로 변경합니다.」

"어……?"

갑자기 거실의 조명이 어두컴컴한 색으로 전환되었다.

달빛이 새어 들어오는 듯한 묘한 분위기가 조성되었다.

"뭐, 뭐지?"

"스마트 스피커야. 등록된 목소리 외에는 반응하지 않아. 나중에 마사키의 목소리도 등록시켜 줄게."

"이, 일단 그건 알겠는데……."

우리 집에는 설치되어 있지 않지만 그래도 스마트 스피커가 뭔지는 나도 알고 있었다.

인공지능 목소리가 흘러 나온다는 것도, 자택의 전자 제품들을 조작 가능하다는 것도.

문제는 어째서 이런 분위기의 조명으로 바뀠는가였다.

"마사키."

"마사키 씨."

"이, 이봐⋯⋯!"

느닷없이 양쪽의 쌍둥이가 나를 끌어안았다.

부드러운 두 개의 덩어리가 곱절로⋯⋯!

"밥도 먹었고, 목욕도 했잖아. 그러면 이제는⋯⋯ 밤을 만끽해야겠지?"

"저희들을 만끽해 주실 거죠?"

"만끽하라니⋯⋯ 앗, 잠깐⋯⋯!"

나를 끌어안고 있던 유즈키가 슬그머니 팔을 풀었다. 그러고는⋯⋯.

"하읍⋯⋯."

"⋯⋯⋯⋯!"

내 입에 입술을 포갰다.

유즈키의 부드러운 입술이 내게 뭉개지더니, 쪽, 하는 소리와 함께 떨어졌다.

"유, 유즈키⋯⋯?"

"우리는 우리 사정을 마사키한테 강요하기만 했지. 운명의 쌍둥이 같은 건 사실 마사키랑 아무 상관도 없는 이야기인데 말야. 하지만 우리도 최대한 네 마음을 이해해 보려고 해."

"아, 아무리 그래도 방금 그건⋯⋯!"

설마 고백한 당일에 키스를 하게 될 줄이야.

심지어 고백한 상대의 여동생에게 껴안긴 채로.

"지금 마사키 씨가 좋아하는 상대는 유즈 언니죠. 저도 알아요.

저는 아직 덤이니까요."

"아니, 그렇지 않아."

나는 어두컴컴한 조명 아래서도 또렷하게 보이도록 고개를 크게 내저었다.

"넌 계속해서 덤이라고 말하지만 나는 그렇게 생각하지 않아. 사귀기로 결정한 이상…… 후우카, 너도 내 여자 친구야."

"와아!"

후우카는 작은 소리로 외치더니 나를 더욱 강하게 끌어안았다.

"으으! 역시 마사키 씨를 고르길 잘했어요. 그래도 저 스스로가 아직 덤이라고 생각하고 있어요. 그러니…… 적어도 첫 키스는 마사키 씨가 좋아하는 언니와 해야겠죠."

"나는 이미 했으니까 이번에는 후우카 차례야."

"그러면 허락도 떨어졌겠다……."

"이, 이봐……."

쪽……. 조심스럽게 입술을 포개는 후우카.

쌍둥이라서 그런 것일까. 입술의 질감도 완전히 똑같다는 기분이 들었다.

"드디어 여기까지 왔네요. 유즈 언니."

"그러게. 정말 길었어……. 으으, 더 하고 싶어!"

"…………."

유즈키가 내 뺨에 손을 얹고는 쪽, 쪽 키스를 연발했다.

그러는 사이 후우카는 내 뺨에다 몇 번이고, 몇 번이고 입술을 가져다 댔다.

"교, 교대해요, 유즈 언니……."

"윽, 조금만 더 할래……!"

하지만 후우카는 내 얼굴을 붙잡고 억지로 키스해 왔다.

"하읍, 쪽, 으음…… 마사키 씨……."

"나도 잊지 마…… 쪽, 하읍, 쪽, 쪽……."

유즈키와 후우카가 번갈아 가며 입술을 들이댔다.

이제는 누구한테 키스를 받는지 헷갈리는 지경에 이르렀다.

"자, 잠깐……. 잠깐만 기다려 봐!"

"……불쾌했어?"

"……불쾌했나요?"

"그렇지 않아. 그런 게 아니라……."

나는 두 손으로 쌍둥이의 어깨를 붙잡고 바짝 끌어당겼다.

"내가 유즈키를 먼저 좋아하게 됐던 건 사실이야. 하지만 쌍둥이와 함께 사귀겠다고 선언했으니 어느 한쪽을 차별할 생각은 없어!"

"어? 그게 무슨 뜻이야……?"

"네? 그게 무슨 뜻인가요……?"

남자답게 살자는 신념 때문일까. 아니, 그것과는 다른 문제 같았다.

나는 유즈키와 후우카를 함께 받아들이기로 했다.

"비록 첫 키스는 유즈키한테 양보했지만, 이제부터라도 너희를 동시에 사랑해 주고 싶어! 어디 보자…… 그렇지! 둘 다 혀를 내밀어 봐!"

"혀, 혀를?"

"혀를요?"

유즈키와 후우카는 망설이면서도 귀여운 혀를 빼꼼 내밀었다.

나도 혀를 뻗어 두 사람의 혀를 옭아맸다.

"으으음……?!"

"흐윽……?!"

유즈키와 후우카는 놀란 눈치였지만 곧 스스로 혀를 휘감아 왔다.

두 사람과 동시에 키스를 하기는 힘들지만 혀끝을 사용하면 다 함께 즐길 수 있었다.

이것도 쉽지만은 않았지만.

"으음, 할짝, 추르릅……."

"흐웃, 쪽, 추릅……."

혀를 핥고, 때로는 입술을 포개고, 다시 혀를 맞대고.

나는 유즈키의 혀를 입에 넣고 빤 다음, 후우카의 혀도 똑같이 빨아주었다.

그렇게 쌍둥이의 입술과 혀를 실컷 맛보고, 꽉 끌어안고, 다시 키스하며 혀를 휘감았다.

"으음, 쪽, 하으읏!"

"흐앗, 하웁, 추릅, 음으읍!"

쌍둥이는 움찔움찔 몸을 떨더니 쓰러지듯 내게 몸을 기댔다.

"이, 이럴 수가……. 키스만으로 이렇게 돼 버리다니……."

"역시…… 우리는……."

"무슨 말이야?"

나는 유즈키와 후우카를 소파에 앉히고 두 사람의 어깨를 끌어안았다.

　"그, 그게…… 저희는 운명의 쌍둥이라서 비슷한 감정을 느끼고, 비슷한 행동을 하죠. 하지만 저희가 쌍둥이로서 갖는 특징은 그것뿐만이 아니에요. 저희에게는 한 가지 특징이 더 있어요."

　"뭐라고……?"

　"듀얼 트윈즈. 서로가 두 사람분의 감정을 공유하지."

　"듀얼 트윈즈. 서로가 두 사람분의 감정을 공유하죠."

　"듀얼 트윈즈……? 그게 뭔데……?"

　서로가 두 사람분의 감정을 공유한다고? 잘 이해가 되지 않았다.

　"나는 마사키를 좋아해. 후우카도 마사키를 좋아하고. 즉, 두 사람분의 '좋아한다'는 감정이 존재하는 셈이지?"

　"그 두 사람분의 '좋아한다'는 감정을 공유하고 있는 거예요. 더 쉽게 말하자면 저희가 느끼는 감정은 남들의 두 배라는 거죠."

　"두 배……? 결국 그 말은…… ."

　"우리의 사랑이 무겁다는 뜻이지. 지나치다고 말해도 과언이 아닐 정도로……. 한번 누군가를 좋아하게 되면 멈출 수가 없어. 지금처럼 말야."

　"저희는 좋아하는 대상이 생기면 철저하게 좋아해 버려요. 특히 강한 감정일수록 쉽게 공유되죠. 좋아한다는 감정은 그중에서도 선두를 달리고요."

　"지나칠 정도로 좋아한다니……. 구체적으로 말하자면……?"

　"하긴, 이해하기 어렵겠네."

"그렇네요."

유즈키와 후우카는 키득 웃더니 다시금 키스를 해 왔다.

여태껏 축 늘어져 있었지만 회복한 모양이었다.

"예전에 강아지를 길렀던 적이 있어요. 처음 기른 강아지였죠. 하지만 저희가 너무 애정을 쏟는 바람에 노이로제에 걸려서 친척 집에 보내줘야 했어요. 그러자 파트라슈는 금방 씩씩해져서 노견 이 된 지금도 행복하게 지내고 있죠."

"그리고 어머니는 저희를 기르다가 지쳐서 입원까지 했어요. 곧바로 유모를 여러 명 들인 덕분에 애정이 식지는 않았지만요."

"즉, 너희의 사랑을 받는 대상은…… 망가져 버린다는 거야?"

아이들의 애정이란 뿌듯하기도 하지만, 한편으로는 무서운 것 이기도 했다.

애정을 원하고, 사랑받고 싶어 하는 그 마음이 부담스럽게 느 껴지는 것도 이해가 되었다.

내 여동생인 와카바도 아버지의 사랑을 듬뿍 받고 있지만, 정 작 본인은 진절머리를 내고 있었다.

물론 쌍둥이를 우리 가정사에 그대로 대입할 수는 없을 것이다. 하지만 애정이 스트레스로 작용하는 사례는 얼마든지 존재한다.

유즈키와 후우카는 그 극단적인 예시라고 할 수 있었다.

"맞아. 그래서 우리는 아무도 좋아할 수가 없었어. 그러다 느닷 없이 어떤 남자를 좋아하게 된 거야."

"마사키 씨를 좋아하는 저희들의 마음…… 받아주시겠어요?"

나는 잠깐 생각한 뒤 대답했다.

"물론이지. 받아들이겠다고 선언한 이상 철회할 생각은 없어! 애정이 두 배라고? 좋다 이거야."

나는 두 명의 여자 친구를 와락 끌어안았다.

"내 멘탈은 간단히 망가질 만큼 연약하지 않아. 그래, 얼마든지 좋아해 봐! 전부 받아내 보이겠어. 아니, 오히려 내 쪽에서 들이대 주지! 나는 이래 봬도 건강한 남고생이라고? 너희같이 귀여운 여자애들을 앞에 두고 참을 생각은 없어!"

"꺅! 마사키라면 그렇게 나와야지!"

"꺄악! 야한 짓이라면 얼마든지 환영이에요!"

나는 후우카에게 키스하고, 유즈키에게 키스했다. 그리고 셋이서 혀를 휘감았다.

위험해. 최대한 완곡하게 표현해도 최고로 행복했다.

나를 지나칠 정도로 좋아하는 쌍둥이 미소녀라니.

그래, 좋다 이거야.

나라면 무슨 일이 닥치더라도 두 사람을 좋아할 수 있다.

그러니 두 사람의 애정을 감당해 보이겠어……!

아니, 아마도 내가 아니면 불가능할 것이다.

5.5 쌍둥이는 독백을 하는 모양입니다

"후우카, 마사키는 잠들었어?"

"푹 잠들었어요. 오늘은 워낙 많은 일을 겪었으니까요."

쌍둥이는 불빛이 꺼진 거실에 마주 앉아 있었다.

서로의 손을 붙잡고 소근소근 대화를 나누는 두 사람.

"원인 제공자는 우리지만."

"유즈 언니……. 적당히 좀 하시지 그랬어요."

"내 탓이라고?! 가끔씩 여동생이라는 포지션을 이용해서 나한테 모든 책임을 떠넘기는 거, 너무하지 않아?!"

"유즈 언니, 그렇게 큰 소리로 말하면 마사키 씨가 깰 거예요."

"윽……. 알았어. 깨우면 미안하니까."

유즈키는 귀를 기울여 마사키가 잠들어 있는지 확인했다.

아무래도 마사키는 유즈키의 큰 소리에도 깨지 못할 정도로 깊은 잠에 빠진 모양이었다.

"그래도 마사키 씨가 유즈 언니한테 고백한 게 원인은 맞잖아요."

"그건 그렇지……. 솔직히 놀랐어. 모처럼 마사키를 유혹할 계획을 세웠는데 당사자가 먼저 고백해 올 줄이야."

"하지만 저희도 겁을 먹어서 시작하지 못하고 있었죠. 마사키 씨가 먼저 고백해 주시다니 정말 듬직하네요."

"그런 의미에서도 마사키를 고른 게 정답이었던 것 같아. 우리들, 남자 보는 눈이 제법인걸."

"하지만 이제 운 좋게 스타트 지점에 섰을 뿐이에요. 마사키 씨는 겁 많은 우리를 대신해 용기를 내주셨으니 이번에는 우리 차례예요."

"용기라……. 저 녀석, 순간적으로 급발진해서 고백한 느낌이었는데 말이지."

"교실에 둘만 남았다고 했죠? 만약 마사키 씨가 아무 말도 하지 않았더라면? 유즈 언니는 고백할 수 있었을까요?"

"……이렇게 말하면 뭐하지만, 나는 수준 높은 여자거든. 고백받은 적은 많아도 고백해 본 적은 없어. 쉬운 게 아니라고."

"자기 입으로 할 말은 아니네요. 어쨌든 고백의 난이도는 유즈 언니가 훨씬 낮았을 거예요. 유즈 언니는 아무 남자나 만나주는 가벼운 여자처럼 보이니까요."

"너 말야, 언니를 욕하면 못써. 후우카야말로 너무 청순하게 구는 거 아냐? 내면은 나랑 별 차이도 없으면서."

"쌍둥이니까요. 저도 못된 여자죠. 그래도 마사키 씨한테 민폐를 끼쳤다는 자각은 있어요."

"……하긴, 그렇지."

"맞아요."

"그래도 우리들의 관계는 이미 시작돼 버렸는걸. 키스를 너무 많이 했나. 입술이 통통 부었어. 첫 키스였는데 도대체 몇 번을 한 건지……."

"아프지만 기분은 좋았어요. 짜릿할 정도로요. 최고였어요."

"그러게……. 하아…… 또 하고 싶다. 마사키는 지금 자고 있다고 했지? 몰래 키스해 버릴까?"

"내일부터는 얼마든지 할 수 있잖아요. 보쌈은 다음을 기약하기로 해요."

"보, 보쌈이라니……. 알았어. 내 입술도 휴식을 취해야 되니까. 키스는 아침에 또 하지 뭐."

"맞아요, 유즈 언니. 잘하면 키스보다 더한 것도……."

"진심으로 가자. 우리가 마사키의 남자의 본능을 일깨우는 거야."

"진심으로 가죠. 이러다 저희도 여자의 본능이 깨어날 것 같지만 분발해 봐요."

유즈키와 후우카는 맞잡은 손에 꽈악 힘을 주었다.

"우리한테는 시간이 없으니까."

"저희한테는 시간이 없으니까요."

좋아하는 아이에게 고백했더니

쌍둥이 여동생이 덤으로

딸려 왔다

SUKI NA KO NI KOKUTTARA
FUTAGO NO IMOUTO GA
OMAKE DE TSUITEKITA

고백했더니

쌍둥이 여동생이

덤으로

6. 쌍둥이는 공세에 나선 모양입니다

마사키 나카바의 학교 생활은 지극히 평범했다.

교실로 등교해서 수업을 받고, 점심이 되면 매점에서 구입한 빵을 먹고, 오후 수업을 받은 뒤 하교한다.

이 패턴을 반복할 뿐이었다.

덧붙여 말하자면 점심을 빵으로 때우는 것은 도시락을 만들 만큼 성실하지 않기 때문이었다. 부모님도 바빠서 도시락을 준비해 줄 여유가 없었다. 무엇보다 매점에서 파는 빵이 가장 가성비가 좋았다.

부활동은 하지 않았다.

중학교 시절에는 농구를 했지만 고등학교에 올라온 뒤로는 딱히 의욕이 나지 않았다.

나는 체격도 큼지막하고, 운동 신경도 뛰어난 편이었다.

하지만 팀에 영 녹아들지를 못했다. 팀원들은 내게서 거리를 두려고 했다.

아마도 타고난 체격과 무서운 생김새 때문은 아닐 것이다.

운동부에는 나보다 우락부락한 녀석도 많고, 더 험상궂게 생긴 녀석들도 드물지 않았다.

단순히 겉모습만의 문제가 아니었다. 내게는 타인을 겁먹게 만드는 무언가가 있는 듯했다.

딱히 남에게 적대감이나 경계심을 품어본 적도 없건만.

"마사키! 이 동영상 봐봐! 방금 리나가 가르쳐 줬는데, 완전 대박이지? 엄청 매운 야키소바를 잔뜩 만들어서 비닐 풀을 가득 채웠어!"

"……뭐 하는 거야? 유즈키."

"응? 재밌지 않아?"

"별로 재미없어. 음식 가지고 장난을 치다니. 아니, 그게 문제가 아니라."

교실에서 몇몇 학생들이 술렁거리고 있었다.

유즈키가 내 책상에 걸터앉아 어깨에 손을 얹고 스마트폰을 보여주고 있는 것이다.

유즈키가 누구에게나 허물없이 대하는 여왕님이긴 하지만 그것을 감안해도 거리가 너무 가까웠다.

"아, 마사키네 부모님은 음식점을 하셨지. 그래도 결국에는 멤버 전원이 맛있게 먹었다니까 음식을 낭비한 건 아니야."

"뭐, 전부 먹었다면야. 잠깐, 그게 아니라."

"이게 괜찮다면 이쪽 동영상도 추천할게! 앗, 나도 같이 봐야지!"

"이, 이봐……!"

유즈키는 책상에서 내려오더니 내 의자로 억지로 밀고 들어왔다.

유즈키의 스커트 너머로 허벅지와 엉덩이의 감촉이 전해져 왔다.

"5분짜리 동영상이니까 수업 시작하기 전까지는 끝날 거야. 자, 봐봐."

"유, 유즈키⋯⋯. 이건 조금 위험하지 않을까?"

나는 유즈키에게만 들리도록 작은 목소리로 속삭였다.

지금 이건 친근하다는 말로 설명할 수 있는 상황이 아니다.

"우리가 사귀고 있다는 사실을 학교에 공표할 생각이야⋯⋯?"

"응? 그건 아냐. 나중에 뒤탈이 생길 테니까."

"나중에⋯⋯? 이미 지금이 문제 같은데."

같은 반의 학생들이 수상해 하는 눈빛과 호기심 어린 눈빛을 보냈다.

하지만 유즈키는 더욱더 내게 달라붙었고, 엉덩이와 허벅지뿐만 아니라 풍만한 가슴까지 내 팔에 마구 들이밀었다.

어젯밤에 있었던 일이 떠올라 버릴 것만 같다!

"사귄다고 선언할 생각은 없지만, 그렇다고 학교에서 지내는 시간을 낭비하고 싶지는 않아. 그러니 마사키도 협력해 줘. 누가 물어보더라도 '사귀고 있지 않아. 사이좋은 친구일 뿐이야'라고 잡아떼 버려."

"그런다고 다른 애들이 납득할 리가⋯⋯!"

이렇게 부대껴 놓고 "친구입니다"라고 말하면 아무도 수긍하지 않을 것이다.

"마사키가 잡아떼면 웬만한 애들은 '그렇구나' 하고 물러날걸."

"⋯⋯내 무서운 얼굴도 가끔은 도움이 되는구만."

"저번에도 말했지만 나는 무섭지 않아. 남들이 보기에 무서운 얼굴이라는 건 부정하지 않겠지만."

"나한테는 그게 제일 좋은 전개이기는 한데⋯⋯."

남들이 겁을 먹고 도망치는 것은 이미 일상적인 일이었다.

좋아하는 여자애가 나를 무서워하지만 않는다면 누구에게 두려움을 사든 상관없었다.

살짝 납득하기 힘든 부분도 있지만, 유즈키가 그러길 원한다면 딱히 불만은 없었다.

"저, 저기, 유즈?"

"응? 왜 불러, 리나?"

유즈키는 스마트폰의 화면을 보면서 자신에게 다가온 여학생에게 대답했다.

나도 그녀가 누구인지 알고 있었다. 같은 반이므로 당연했다.

타카야 리나. 유즈키 군단의 넘버 투다.

붉은 메쉬가 들어간 검은색의 단발머리. 교복 블라우스는 흰색이 아니라 연한 핑크색이었고, 치마도 당연하다는 듯이 짧았다.

화려한 머리카락과 복장에 걸맞게 얼굴도 상당히 곱상했다. 가슴은 조금 빈약했지만 키가 크고 날씬해서 스타일은 발군이었다.

"마사키랑 언제부터 그렇게 사이가 좋았어? 그보다 너무 붙어 있는 거 아냐?"

"최근에 친해졌어. 걱정하지 마. 마사키는 취급에 주의하면 하나도 무섭지 않으니까."

"그거 맹수한테 쓰는 표현 아냐?!"

애석하지만 나도 타카야의 말에 동의했다.

안 그래도 무섭게 생겼는데 공포감을 조성하는 농담은 삼갔으면 한다.

"혹시 둘이 사귀는 거야……?"

"후후후……. 글쎄?"

"얼버무리는 것 좀 봐!"

타카야가 소리치는 것도 무리가 아니었다.

나한테는 친구라고 잡아떼라 말해놓고 정작 본인은 오해를 불러일으킬 만한 언동을 보이고 있다. 딱히 오해는 아니지만.

"신경 쓰지 마. 리나도 마사키랑 친하게 지내줘. 아, 그래도 너무 사이좋게 지내면 절교할 거야."

"은근슬쩍 협박까지 하고 있어! 유즈, 정말로 무슨 일이 있었던 거야?"

"……나도 유즈키의 친구와는 가급적 친하게 지내고 싶어. 아, 지금 바로 친해지자는 말은 아니지만……. 앞으로 잘 부탁해."

나는 자리에서 일어나 타카야와 뒤쪽에 있는 여자들에게 살짝 고개를 숙였다.

"그, 그래……? 으, 응. 잘 부탁해."

타카야가 겁을 먹은 게 보였지만 늘 있는 일이다.

나를 전혀 무서워하지 않는 유즈키와 후우카가 특별하다는 사실을 잊으면 안 된다.

다만 걱정은 되었다. 내 학교생활은 앞으로 어떻게 되는 것일까.

뭐, 쌍둥이와 사귄다는 사실을 들키지만 않는다면 다들 곧 대수롭지 않게 여기겠지.

"오래 기다리셨죠, 마사키 씨."

"…………."

점심시간.

발단은 스마트폰으로 온 한 통의 문자였다.

호출받은 장소로 나오자 흰색 교복을 입은 청초한 흑발의 미소녀가 기다리고 있었다.

"오히려 내가 기다리게 만든 것 같은데……. 후우카, 여기서 뭐하는 거야?"

"마사키 씨의 학교에 몰래 잠입했는데요?"

고개를 갸웃하는 후우카.

이곳은 체육관 뒤편에 있는 주차장.

듣자 하니, 아침과 방과 후를 제외하면 거의 드나드는 사람이 없는 장소라는 듯했다.

학교 건물과 거리가 멀어서 이곳을 대화 장소로 삼는 학생도 없다고 한다.

그리고 이 정보들의 출처는 다름 아닌 후우카의 문자 메시지였다.

어째서 이 학교의 학생인 나도 모르는 사실을 다른 학교의 학생인 후우카가 알고 있는 걸까.

"저번에 왔을 때는 수업 시간에 잠입했어요. 그래야 눈에 덜 띄니까요."

"하긴. 수업 중이라면 학생도 교사도 교실에 있으니."

"맞아요. 저는 존재감이 옅은 편이거든요."

"……아니, 잠깐만! 저번에도 잠입했다고? 오늘이 초범이 아니었어?!"

　"너무해요. 누가 들으면 범죄인 줄 알겠어요."

　"불법 침입 맞잖아!"

　"괜찮아요. 아직 한 번도 걸린 적 없거든요."

　"그런 문제가 아냐……."

　생긴 건 이렇게나 청순한데 상식이 없어도 너무 없었다.

　"다른 학교의 학생이 멋대로 들어오면 언젠가는 들킬 거야. 하다못해 유즈키로 변장하던가! 쌍둥이의 전매특허잖아!"

　"으, 그건 너무 귀찮은데……."

　"다른 학교에 잠입하는 건 안 귀찮고……?"

　변장을 하면 잠입하기도 훨씬 편할 텐데.

　"그보다 우리 학교에는 도대체 왜 잠입했던 거야?"

　"마사키 씨가 체육 수업을 받는 모습을 견학하곤 했거든요."

　"……네 스마트폰의 메모리를 한번 확인해 보고 싶다."

　내 도촬 사진이 들어있을 게 분명했다. 실제로 몇 장 보기도 했고.

　설마 사진이나 찍으려고 불법 침입을 감행했을 줄이야.

　"사진이라면 얼마든지 보여드릴게요. 저는 다른 학교의 학생이다 보니 운동 중인 마사키 씨의 모습을 볼 기회가 좀처럼 없거든요. 레어도가 높은 장면이에요."

　"그렇게 하찮은 거에 레어도를 매겨도 되는 거냐."

　미소녀라면 몰라도 땀내 나는 남고생이 운동하는 사진 따위는 아무짝에도 쓸모없었다.

"그래도 학교라서 보안이 삼엄하긴 하더라고요. 순찰 중인 교사와 몇 번 맞닥뜨렸어요."

"이미 들켰던 거였어?!"

"어쩔 수 없이 유즈 언니인 척하면서 빠져나왔어요. 왜 슈우카의 교복을 입었냐고 미심쩍어하긴 했지만 코스프레라고 얼버무리고 도망쳤죠. 그러니 아직 들키지 않은 거나 마찬가지예요."

"그걸로 얼버무리는 게 가능해……?"

게다가 유즈키는 다른 학교의 교복으로 코스프레나 하는 이상한 사람이 되어버렸다.

"얼굴이 똑같은 것도 도움이 될 때가 있더라고요. 말씀드린 것처럼 시행착오는 충분히 겪었으니 안심하셔도 좋아요. 이곳이 안전지대라는 건 확인을 마쳤어요."

"안전지대?"

"게임 용어예요. 적에게 공격당하지 않는 장소라는 뜻이죠. 그러니 걱정하실 거 없어요."

"정말일까……."

주차장 구석의 커다란 나무 밑.

확실히 이 주차장에 사람이 나타나더라도 우리를 발견하기는 어려울 것이다.

"이제는 마사키 씨도 알고 계시죠? 저희는 운명의 쌍둥이이자, 듀얼 트윈즈. 자신의 감정을 억누를 수가 없어요……."

후우카가 슬그머니 내 앞으로 다가와 몸을 기댔다.

부드러운 두 개의 감촉이 내 가슴팍에……!

듀얼 트윈즈.

어젯밤에 알게 된 츠바사 자매의 비밀.

감정을 공유하는 쌍둥이는 두 사람분의 애정을 느낀다.

유즈키가 사랑하는 사람을 후우카도 사랑하고, 후우카가 사랑하는 사람을 유즈키도 사랑한다.

유즈키와 후우카는 다른 자매의 감정까지 중복해서 느끼고 있는 것이다.

쉽게 말해서 유즈키와 후우카가 느끼는 감정은 두 배.

즉, 두 사람의 애정은 무서우리만치 강렬했다.

어쩌면 평범한 인간은 감당할 수 없을 정도로.

"저는 유즈 언니와 다르게 낮 동안 마사키 씨와 떨어져 있어야 해요. 어제까지는 괜찮았을지 몰라도 마사키 씨에게 자신의 마음을 고백한 지금, 더는 참을 수 없어요."

"참을 수 없다니……. 내가 어떻게 해주면 만족할까?"

"이미 알고 계시지 않나요……?"

애원하는 강아지처럼 나를 쳐다보는 후우카.

그랬다. 나는 후우카가 무엇을 원하는지 알고 있었다.

어젯밤 그토록 격렬하게 서로를 탐했으니까.

나는 쌍둥이 자매가 원하는 것을 제공해 주면 된다. 그것은 내가 원하는 것이기도 했다.

이제 와서 스스로에게 거짓말을 할 필요는 없었다.

나는 이 쌍둥이 미소녀에게…… 한없이 흥분하고 있었다.

"후우카……."

"하읍……!"

나는 후우카를 끌어안으며 입을 맞췄다.

쪽쪽 소리를 내면서 부드러운 입술을 맛보다가, 더 과감하게 후우카의 작은 입술을 입속에 넣고 빨았다.

그러자 쭙, 쭙 하고 더욱 음탕한 소리가 났다. 후우카도 이에 답하듯 입술을 들이밀었다.

"음, 으음…… 쪽, 하읍…… 마사키 씨…… 좀 더 야한 키스를 하지 않으실래요? 아직 유즈 언니와도 해본 적 없는, 심장이 두근거리는 키스를요……."

"좋아. 해줄게."

고개를 끄덕인 나는 다시 후우카에게 입을 맞추고 혀를 밀어 넣었다. 그러고는 안쪽에 있는 후우카의 뜨거운 혀를 휘감았다.

후우카의 입속을 유린하듯 핥아대고, 혀를 옭아매고, 입술을 빨았다.

그렇게 농후한 키스를 하면서 후우카의 가냘픈 몸을 강하게 끌어안았다.

내 가슴팍에 후우카의 부드러운 가슴이 뭉개지는 감촉이 전해져 왔다.

"흐읍, 음…… 하읍, 음, 쪽……. 하아, 하아……. 마사키 씨, 혀가 뜨거워요……. 으음, 하으음……."

후우카는 내 목에 팔을 두르고 더욱 집요하게 키스를 요구해 왔다.

후우카의 검은 머리카락에서 풍겨 오는 달콤한 향기가 내 머리를 어질어질하게 했다.

우리는 입술을 포개고, 격렬하게 혀를 휘감고, 서로를 강하게 끌어안았다.

"하앗, 하아…… 유즈 언니도 이렇게 야한 짓은 아직 못 해봤겠죠……. 후후, 저는 한발 앞서가지 않으면 유즈 언니를 당해낼 수가 없거든요."

"나는…… 너희 모두에게 애정을 쏟을 거야."

"네. 더욱더…… 하음, 쪽…… 애정을 쏟아주세요."

나와 후우카는 그렇게 한동안 무아지경 속에서 서로를 탐닉했다.

"하아…… 다리가 풀려버릴 것 같아요……."

"괘, 괜찮아? 너도 슬슬 돌아가지 않으면 오후 수업에 늦을 거야."

"이미 늦었어요. 그것보단 좀 더 키스를…… 꺄악!"

휘우웅! 느닷없이 돌풍이 불어와 후우카의 치마를 휘날렸다.

말려 올라간 치마 밑으로 날씬한 허벅지와 흰색의 천 조각이 흘끔 보였다.

"노, 놀랐네요. 하아…… 위험했다. 팬티를 보여드릴 뻔했어요."

"보여주면…… 안 되는 거야?"

이렇게 격렬한 키스를 해놓고 팬티를 보여주는 건 안 된다니 의외였다.

"아, 정확히 말하면 조금 달라요."

후우카는 치맛자락을 살짝 들어 올리며 말했다.

"사실 저는 럭키 스케베를 싫어하거든요. 세상에서 제일로요."

"뭐? 럭키…… 스케베?"

나도 그 정도 인터넷 용어는 알고 있었다.

러브 코미디 만화나 애니메이션에서 야한 해프닝이 벌어지는 것을 일컫는 말이다.

하지만 팬티가 노출되는 것 정도를 제외하면 현실과는 무관한 이야기였다.

"우리는 같은 집에서 살기 시작했잖아요. 심지어 저와 언니는 마사키 씨를 전혀 경계하고 있지 않죠. 오히려 욕구불만에 빠진 마사키 씨가 언제든지 저희를 덮칠 수 있도록 빈틈투성이인 상태로 있어요."

"이쯤 되면 욕구불만인 건 너희들 아닐까?"

"유즈 언니가 얇은 캐미솔이나 탱크톱을 입는 거 보셨죠? 사실 그 안쪽에는 노브라 차림이에요. 자세히 보면 유두가 툭 튀어나온 게 보일 거예요. 아, 저희는 유두의 크기와 색도 똑같아요. 유륜은 작은 편이고, 색깔은 이상적인 핑크색……."

"그런 설명은 됐어! 언젠가 내가 직접 확인하고 싶어!"

"그, 그렇군요……. 제 생각이 짧았어요."

망했다. 후우카의 페이스에 휘말려서 욕망을 드러내 버리고 말았다.

"하지만 럭키 스케베는 일종의 사고잖아요? 우연히 팬티를 보더라도 그 자리에 국한된 일일 뿐이죠. 두 사람의 관계는 진전되지 않아요."

"그, 그건 그렇지."

어떤 남자가 자신의 팬티를 봤다고 해서 그 남자를 좋아할 여자는 없을 것이다.

남자도 팬티를 본 것 정도로 여자를 좋아할 리는…… 없진 않겠지만 소수파일 것이다.

"그러니 팬티를 볼 거라면 마사키 씨의 의지로 봐주세요. 혹시 제 팬티를 보고 싶지 않으신 건가요?"

"살면서 여자한테 이런 질문을 받을 거라고는 꿈에도 생각 못 했어……."

"부끄럽긴 저도 마찬가지예요."

후우카가 볼을 부풀리고 나를 노려보았다.

"이렇게 긴 치마를 입고 있는 건 속옷을 보여주고 싶지 않기 때문이라구요."

"……그러면 스패츠나 속바지를 입으면 되잖아."

"그건 예쁘지가 않잖아요. 예쁘지 않다는 건 치명적인 단점이라구요. 그래서 일부러 기다란 치마를 입고 있었던 거예요. 하지만 마사키 씨라면……."

쪽, 하고 후우카가 내게 다시 키스했다.

"봐주세요……. 누구에게도 보여주고 싶지 않은 저의 비밀을♡"

"좋아, 나는 보겠어! 후우카처럼 귀여운 여자애의 팬티라고? 당연히 보고 싶지!"

내가 당당하게 선언했다. 별로 남자다운 발언 같지는 않았지만.

나는 후우카의 치마를 덥석 움켜쥐고 단번에 들어 올렸다.

희고 가느다란 허벅지와, 마찬가지로 새하얀 팬티가 모습을 드러냈다.

레이스로 장식되어 있는 흰색의 팬티.

양쪽에 끈이 달린 끈 팬티로, 면적이 작아서 상당히 에로했다.

"일부러 신경을 써서 귀엽고 야한 걸로 입어봤어요…… 만약 마사키 씨가 아닌 다른 사람이 봤다면 창피해서 죽어버렸을 거예요……."

"확실히 다른 사람한테는 절대로 보여주고 싶지 않은 광경이네……."

나는 후우카의 팬티를 뚫어져라 응시했다.

팬티의 한가운데가 희미하게 튀어나와 있었다.

내 착각인지 움찔거리고 있는 듯한 기분마저 들었다.

"꺄아……. 그렇게 뚫어져라 쳐다보시면……. 왠지 아랫배가 욱신거려요……."

"더 자세히 보여줘. 뒤쪽도……."

"아, 알겠어요……. 하지만 그 전에, 키스를……."

나는 고개를 끄덕이고는 후우카의 입술에 입을 맞췄다.

혀를 집어넣어 진한 키스를 한 뒤, 다시 고개를 떼어냈다.

"봐, 봐주세요……. 후우카의 야한 팬티를……."

"누가 들으면 내가 야한 대사라도 시킨 줄 알겠네……."

나는 후우카의 발언에 놀라면서 다시 치마를 위로 들추었다.

순백의 팬티로 감싸인 작고 부드러운 엉덩이가 보였다.

뽀얗고 탱탱한 엉덩이다.

팬티도, 엉덩이도 너무 야했다. 절대로 남들한테 보여주고 싶지 않아!

"후우카……."

"흐앙……."

나는 치마를 들어 올린 채로 후우카의 고개를 뒤로 돌려 입술을 포갰다.

우리는 서로의 혀를 애무하고, 혀를 빨았다.

"하음, 쪽, 추릅…… 하읍, 음으읍…… 쪽…… 안 돼…… 저 지금, 팬티를 드러낸 채로 마사키 씨와 뽀뽀하고 있어요…… 하읍……."

"그런데 키스를 하는 동안에는 후우카의 팬티가 보이질 않네."

"그, 그렇군요. 제 팬티를 더 보고 싶으신가요……?"

"하루 종일 바라보고 싶을 정도야."

만약 쌍둥이 여동생과 양다리를 걸쳐달라는 유즈키의 제안을 농담으로 치부했다면 이런 경험은 하지 못했을 것이다.

후우카의 달콤한 입술도, 야한 레이스 팬티도, 탱탱한 엉덩이도 영원히 모르고 살았을 것이다.

"그러면 뽀뽀 한 번만 더 해주세요……. 마음껏 보게 해드릴 테니까요."

나는 고개를 끄덕인 뒤 후우카의 입술을 탐닉했다.

그리고 다시 치마를 들어 올렸다.

뒤쪽을 들추었다가 앞쪽을 들추었다가 하면서 순백의 팬티를 감상했다.

"흐아앙…… 저, 팬티를 보여주면서 흥분했나 봐요……. 원래는 이렇게 밝히는 애가 아니었는데…… 마사키 씨……."

불현듯 후우카가 자리에 풀썩 주저앉아 버렸다. 다리에서 힘이 풀린 모양이었다.

"하아, 하아…… 이 이상 보여드리면 흥분해서 걷지도 못할 것 같아요……. 그럼 학교에서 탈출할 수 없을 거예요……."

"그건 곤란하겠네."

나는 후우카의 손을 붙잡아 일으켜 주었다.

"슈우카까지 바래다줄게. 나도 수업에 늦는 것 정도는 개의치 않거든."

"괘, 괜찮아요……. 돌아가기 전에 머리를 좀 식히려고요. 마사키 씨랑 계속 같이 있으면 달아오른 몸을 주체할 수가 없을 거예요……. 쪽."

후우카는 내게 몸을 기대며 입을 맞췄다.

그리고 뒤쪽으로 물러나 덧붙였다.

"지금 너무 흥분돼서…… 직접 보여드리고 싶어졌어요……. 이, 이렇게요……."

"…………!"

후우카는 자신의 치마를 크게 들추어 새하얀 팬티를 내게 보여 주었다.

그러고는 한쪽 손으로 팬티를 살짝 내려 보였다.

결정적인 부분은 보이지 않았지만, 럭키 스케베로는 절대로 볼 수 없는 부분까지 드러나 버리고 말았다.

"더욱더 은밀한 곳까지 보여드리고 싶지만…… 후후. 유즈 언니보다 너무 앞서나가면 안 되겠죠. 후환이 두렵거든요."

"……확실히 두렵긴 하네."

"그러니 오늘은 여기까지만 할게요."

후우카는 팬티를 내렸던 손으로 호주머니에서 스마트폰을 꺼내더니, 자신의 하반신을 촬영했다.

"오늘의 제 팬티예요. 전송해 놓을게요. 아, 그리고……."

"앗……."

후우카는 내게 키스를 하면서 셀카를 찍었다.

스마트폰 화면에는 후우카와 입술이 반쯤 닿아있는 내 모습이 촬영되어 있었다.

키스 사진에 팬티 사진까지. 남고생에게는 지나칠 정도로 자극적인 사진이었다. 그런 사진을 내 스마트폰으로 보내겠다니.

오늘의 마지막 수업은 체육이었다.

남자는 운동장에서 축구를 할 예정이었다.

기온이 올라가기 시작해서 지금은 거의 초여름에 가까운 날씨였다. 이런 날씨에 밖에서 운동을 하려니 부담스러웠다.

농구를 하면서 단련했던 내 몸도 이제는 상당히 부실해져 있었다. 고등학교에 들어와 1년간 제대로 운동을 하지 않았으니 당연했다.

그러고 보니, 후우카는 오늘 짐이 도착할 예정이라고 말했다.

농담으로 한 말은 아닐 테니 돌아가면 짐 정리에 매진해야 될 것이다.

상당한 중노동이 예상되었다. 과연 이 부실한 몸으로 잘 해낼 수 있을까.

그렇다고 가냘픈 쌍둥이에게 도와달라고 부탁할 수도 없었다.

특히 후우카는 적극적으로 돕겠다고 나설 것 같아서 난감했다.

참고로 후우카는 이미 본인의 학교로 돌아가 있었다.

〈츠바사 후우카, 무사히 귀환했습니다.〉

라는 문자가 도착해 있었던 것이다. 안심이었다.

그리고 후우카가 교실에서 찍은 셀카 사진도 첨부되어 있었는데, 눈이 퀭했다.

키스 몇 번에 팬티를 보여준 것만으로도 저렇게 되다니.

츠바사 자매는 애정뿐만 아니라 욕망도 두 배인 걸까?

애정이 있으면 욕망도 같이 딸려 오기 마련이다. 그러니 가능성은 충분했다.

나도 마찬가지다. 유즈키에 대한 연심이 순수한 연애 감정이라고 한다면 그건 새빨간 거짓말일 것이다.

몹쓸 망상에 사로잡힌 적도 셀 수 없을 정도로 많았다.

다만, 그 망상이 실제로 눈앞에 닥친다면 나는 어떡해야 할까.

후우카의 애정 공세는 기뻤지만, 이것이 더욱더 과격해진다면 나는 어떻게 행동해야 할까.

그러잖아도 내 이성은 조금씩 붕괴하고 있는 중이었다…….

"있잖아, 마사키."

"응?"

탈의실에서 나와 운동장으로 향하고 있는데 누군가가 말을 걸었다.

뒤를 돌아보기도 전에 누구인지 알았다.

나한테 이렇게 친근하게 말을 거는 사람은 이 학교에 단 한 명밖에 없다.

"잠깐 나랑 같이 가자."

고개를 돌리자 복도 창문에 몸을 기댄 유즈키가 보였다.

"같이 가자니……. 지금부터 체육 수업인데?"

유즈키도 나와 같은 반이므로 체육 수업을 앞두고 있었다.

이미 유즈키는 체육복으로 갈아입은 상태였다. 상의는 소매를 걷어붙인 추리닝이고, 하의는 반바지다.

유즈키의 커다란 가슴이 추리닝 너머로 존재감을 과시하고 있었다. 눈을 어디에다 둬야 할지 모르겠다.

"그런데 유즈키, 이 날씨에 긴팔을 입어도 괜찮겠어? 덥지 않아?"

"덥기는 해. 하지만 우리 학교는 추리닝이 더 멋지잖아."

실제로 우리 학교 추리닝은 심플한 흰색과 검은색 조합이라 인기가 많았다.

특히 유즈키 같은 미소녀가 입으면 상당히 멋진 그림이 나온다.

학교 피라미드의 여왕쯤 되면 쾌적함보다는 멋을 중시하는 건가.

"할 이야기가 있어. 수업에 조금 늦는다고 큰일 나는 것도 아니잖아. 어디 보자……. 아, 그렇지."

"응?"

"마침 좋은 기회네. 마사키를 남자들이 절대로 들어올 수 없는 성역으로 안내해 줄게♡"

"서, 성역이라니?"

유즈키는 내 손을 붙잡고 어디론가 끌고 갔다.

"자, 잠깐 기다려! 아무리 그래도 여기는!"

"아무도 없으니까 괜찮아."

유즈키가 히죽히죽 웃으며 말했다.

나와 유즈키가 도착한 곳은 바로…… 여자 탈의실 앞이였다.

유즈키는 여자 탈의실의 문을 열고 나를 억지로 잡아당겼다.

"어때? 남자 탈의실이랑 비슷해?"

"으……. 아니, 전혀 달라……."

외관 자체는 남자 탈의실과 크게 다르지 않았다.

넓이는 교실과 비슷했고, 한쪽 벽에는 사물함이 나열되어 있었다.

굳이 다른 점을 꼽자면 거울이 하나밖에 없는 남자 탈의실과 달리 이곳에는 세 개나 있다는 점이었다.

하지만 커다란 차이점이 있었으니. 바로 냄새였다.

탈의실 전체에 새콤달콤한 향기가 감돌고 있었다.

땀내 나는 남자 탈의실과는 전혀 달랐다.

"속옷이랑 교복이 전부 사물함 안에 있어서 실망했어?"

"그게 아니라……."

"아, 냄새라면 얼마든지 맡아도 돼. 닳는 것도 아니고."

"어떻게 알았어?!"

"마사키가 킁킁거리는 걸 봤으니까. 내 눈은 못 속여!"

"못 본 척해 줘……."

잘못한 건 나지만 너그러운 마음으로 넘어가 줬으면 했다.

여학생의 냄새를 맡다니. 내가 생각해도 변태 같았다.

"나는 나무랄 생각 없으니까 괜찮아. 그보다, 어때?"

"어, 어떻냐니……. 역시 여자 탈의실은 좀 아니라고 봐. 아무리 사람이 없다지만……."

"괜찮대도 그러네. 갈아입는 모습을 엿보는 것도 아니잖아. 사실 나도 몇몇 여자애들이랑 남자 탈의실에 몰래 들어가 본 적이 있어."

"냄새를 맡으려고……?"

"남자들 땀 냄새 같은 건 관심도 없거든? 그런 매니악한 패티쉬는 안 가지고 있네요!"

"그, 그렇군."

세상에는 다양한 취미를 가진 인간이 있다. 남자의 땀 냄새를 좋아하는 여학생도 분명히 존재할 것이다.

하지만 적어도 유즈키는 별다른 관심이 없는 모양이었다.

"그러면 도대체 왜……?"

"글쎄…… 호기심? 남자애들이 구경이나 하라면서 들여보내 주더라. 갈아입는 도중은 아니었지만."

"그건 그렇겠지."

사내놈들이 옷을 갈아입는 모습 따위, 유즈키는 물론이고 다른 여자애들도 보고 싶지는 않았을 것이다.

"뭐…… 결국 땀 냄새만 났지 별로 재미는 없었어. 마사키가 벗어둔 교복이 있는 것도 아니고."

"응?"

유즈키가 은근슬쩍 터무니없는 말을 내뱉었다.

"유즈키, 혹시 내 교복에 관심 있어……?"

"크흠! 어, 어쨌든, 여자 탈의실에 들어와 보니 어때? 흥미진진하지?"

"딱히 흥미진진하진 않은데……."

최선을 다해서 화제를 돌리는 유즈키였다.

후우카도 그렇고, 이 쌍둥이 자매는 생각했던 것 이상으로 나한테 관심이 있는 모양이었다.

"……응? 저게 뭐지?"

나는 여자 탈의실에서 또 하나의 커다란 차이점을 발견했다.

탈의실 구석에 커튼으로 가려진 빈 공간이 있었던 것이다.

"옷을 갈아입는 장소인가?"

"아, 저거? 참회실이야."

"참회실?!"

참회실이라면 교회에서 신부가 고해성사를 해주는 장소 아닌가?

"이름은 겉모습만 가지고 지은 거야. 일인용 탈의실이라고나 할까……. 사람들 앞에서 갈아입는 걸 부끄러워하는 학생들을 위해서 설치된 거래. 여자끼리 부끄러워할 필요가 있나 싶기는 하지만."

"뭐, 섬세한 사람도 있으니까."

"섬세하지 않아서 미안하게 됐네요. 쪽."

유즈키가 내게 입을 맞췄다.

첫 키스를 한 지 하루밖에 지나지 않았건만. 이제 쌍둥이들의 키스에는 망설임이 없었다.

망설임은커녕 오히려 적극적이었다.

나도 만족하고 있으므로 거절할 생각은 없었다.

"어쨌든 지금은 아무도 사용하지 않아. 저런 곳에서 갈아입으면 위험한 문신이라도 새긴 게 아닐까 의심받을걸."

"나도 위험한 문신을 하고 있을 것 같다는 말을 많이 들었지."

"등짝에 용이 그려져 있다던가?"

"잘 아네. 그쯤 되면 문신보다는 이레즈미라고 불러야 하겠지만……. 아니, 그런 건 아무래도 좋아. 참고로 나는 문신 없어."

"나랑 후우카의 이름이라면 새겨도 괜찮은데."

"오히려 그쪽이 더 무섭지 않나……."

팔에다 연인의 이름을 문신으로 새겼다는 이야기를 들어본 적이 있다. 요즘에는 없는 것 같지만. ……없겠지?

"뭐, 저런 구석에서 갈아입을 사람이 많지는 않겠네."

차라리 정말로 참회실로 만들어 버리는 편이 유용하지 않을까.

"옆길로 새버렸네……. 무슨 이야기를 하고 있었지?"

"앗, 맞다. 마사키 너……."

유즈키가 느닷없이 나를 끌어안았다.

추리닝이 부드러운 소재로 만들어져 있기 때문에 가슴의 물컹

한 감촉이 또렷하게 전해져 왔다.

"가, 갑자기 왜 그래?"

"시치미 떼기야? ……점심시간에 후우카를 만났었지?"

"후우카한테 연락을 받았나 보네."

후우카는 내게도 문자를 보냈으니 언니에게 연락을 넣었어도 이상하지 않았다.

"아니, 안 왔어. 우리는 전화나 문자를 잘 안 주고받거든."

"뭐? 그랬구나. 조금 의외인걸."

"애초에 연락을 취할 필요가 없어. 서로가 무엇을 하고 있는지, 무슨 생각을 하는지 직감적으로 알 수 있으니까."

"…………."

그런 초현실적인 능력은 존재하지 않는다고 여기고 싶다.

하지만 어제부터 이어진 기묘한 상황들을 떠올리면 이 쌍둥이들 사이에 무슨 일이 있어도 이상할 게 없었다.

"그보다…… 둘이서 야한 짓 했지? 못됐어. 여긴 내가 다니는 학교인데. 내가 떡하니 있는데도 후우카랑 애정행각을 벌이다니, 너무한 거 아냐?"

나를 한층 더 강하게 끌어안는 유즈키.

"유즈키 너…… 어째 평소랑 말투가 다르네."

어린애 같다고나 할까. 응석을 부리는 것 같달까.

"그래도 일단은 내가 언니니까. 후우카 앞에서 어린애 같은 모습을 보일 수는 없는걸."

"어제 나하고 둘만 남았을 때는 평소처럼 굴었잖아."

"긴장했었단 말야. 좋아하는 남자애랑 둘만 있게 됐으니까."

"…………."

이 얼마나 귀여운 생물이란 말인가.

"하지만 이젠 괜찮아. 후우카랑도 사귀기로 해줬으니까 앞으로는 어택만이 있을 뿐이야."

"아무리 그래도 여자 탈의실로 데리고 들어오는 건 과하지 않나?"

"혹시 후우카가 팬티를 보여주지 않았어?"

"앗?!"

대화의 흐름을 무시하고 단숨에 치고 들어왔다!

"유즈키 너…… 사실은 후우카한테 연락받은 거지!"

"오오. 가끔은 우리의 이 직감이 무섭단 말이지. 혹시나 해서 넘겨짚어 봤는데 설마 당첨일 줄이야."

유즈키는 눈을 동그랗게 뜨며 내 얼굴을 뚫어져라 쳐다보았다.

어? 정말로 넘겨짚은 건가?

직감으로 '팬티'라는 단어까지 연상할 수가 있는 건가?

"운명의 쌍둥이. 솔직히 우리도 미심쩍은 게 사실이야. 하지만 가끔씩 이런 일이 일어나니 믿을 수밖에 없더라."

"이런 일이라니……?"

"점심시간에 아랫배 언저리가 후끈 달아오르더라니까. 친구랑 수다를 떨다가 영문도 모르고 발정해 버렸지 뭐야."

"후우카의 흥분이…… 유즈키에게 전해진 건가?"

"응. 감정의 공유…… 듀얼 트윈즈의 특징이야. 이쯤 되면 거의 초능력이네."

"거의가 아니라 완전히 초능력 같은데."

혹시 나는 아직 제대로 이해하지 못하고 있었던 것일까.

후우카라는 미소녀에게 고백해 성공하고, 후우카라는 쌍둥이 여동생까지 '덤'이라면서 따라왔다.

하지만 이것은 생각만큼 단순한 문제가 아닐지도 몰랐다.

이 쌍둥이는 정말로 자신을 받아줄 상대를 찾아다녔던 것이다.

그리고 그 상대가 나일지도 모른다고 기대하고 있는 것이다.

"역시…… 아무리 귀엽게 생겼어도 무서운 걸까? 우리같이 미 스터리한 쌍둥이는……."

"자기를 귀엽다고 말하는 점은 조금 무서울지도."

나는 웃으며 유즈키의 잘록한 허리를 끌어안았다.

"다른 녀석들이 무서워한다면 오히려 이득이지. 안심하고 유즈 키와 후우카를 나만의 여자로 삼을 수 있으니까."

"와우. 말하는 것 좀 보게. 쪽, 쪽."

유즈키는 내게 안긴 채로 가벼운 키스를 연발했다.

"그러면 나도 마사키의 여자가 되기 위해 노력해야겠네. 후우 카도 창피함을 무릅쓰고 팬티를 보여줬으니…… 나도 뭔가를 해 야겠지."

"뭔가를……?"

"마사키는 내 몸의 어디가 보고 싶어?"

유즈키가 자신의 가슴을 바짝 들이대며 물었다.

너무나도 압도적인 볼륨감과 탄력, 그리고 부드러움이 엄습해

왔다.

　"……츠바사 유즈키의 가슴이 보고 싶어."

　"으……."

　유즈키의 얼굴이 확 붉어졌다.

　"……예, 예상했던 것보다 직설적이라서 놀랐어. 혹시 후우카한테도 급발진했다가 혼나지 않았어……?"

　"급발진까지는…… 아니었을 거야."

　아무리 연인이라도 팬티를 뚫어져라 쳐다보지는 않을 것 같다는 생각은 들었다.

　"나는 언니니까 여동생보다 더 부끄러운 상황도 견뎌야겠지. 보고 싶으면…… 직접 벗겨서 보도록 해."

　"그렇게 말하는 점도 후우카랑 닮았네."

　벌써 두 번째이므로 망설일 생각은 없었다.

　나는 유즈키의 체육복을 붙잡아 확 들추었다.

　새하얀 배와 배꼽, 그리고…….

　검은색 브래지어에 가려진 두 개의 가슴이 출렁거리며 모습을 드러냈다.

　"아앗……. 생각보다 손길이 거치네."

　"미, 미안. 하지만 설마…… 이 정도일 줄은……."

　"너, 너무 빤히 쳐다보지 마. 이상한 기분이 든단 말야……."

　유즈키는 얼굴을 붉히며 시선을 돌렸다.

　아무리 브래지어를 착용하고 있다지만 가슴을 빤히 쳐다보면 창피한 게 당연했다.

팬티를 보여주던 후우카와 완전히 똑같은 표정이었다.

"정말 엄청난걸……. 사이즈가 얼마나 돼?"

"그, 그라비아 아이돌처럼 말하자면…… 둘레가 90cm에……
G컵……."

"G컵……!"

G컵이라는 사이즈가 현실에 존재했을 줄이야……!

아니, 당연히 존재는 하겠지만 내가 그런 가슴을 실제로 보게
될 줄은 꿈에도 몰랐다!

이렇게 커다랗고 에로한 가슴이 내 눈앞에 있다니……!

"꺄악……?!"

"앗……! 미, 미안……."

나는 자기도 모르게 유즈키의 G컵 가슴을 주무르고 있었다.

손에 다 들어가지 않는 볼륨과 부드러운 감촉, 그러면서도 충
분한 탄력까지……!

"괘, 괜찮아. 주물러 봐. 여동생은 팬티를 보여줬으니…… 나도
그 이상의 무언가를 해줘야겠지."

"…………!"

이번에도 상황이 너무 유리하게 흘러가서 불안할 정도였다. 게
다가 눈앞에 거유가 있는데 보기만 하는 건 고문이나 다름없었다.

나는 너무 흥분하지 않도록 주의하며 가슴을 주물러 나갔다.

마치 내 손바닥을 밀어내는 듯한 탄력이 느껴졌다.

검은색 브래지어도 굉장히 섹시했다. 조금만 당겨도 유두가 보
일 것 같았다.

위험해. 여자의 가슴을 주무른다는 게 이렇게나 기분 좋을 줄이야.

아무리 주물러도 질리지가 않았다.

"자, 잠깐…… 흑, 아앙…… 앗…… 그, 그렇게 주무르면……. 으, 흐앙, 앗, 원래는 보여주기만 할 생각이었는데…… 하윽, 지금 내가 뭐 하는 거람……."

"여기서 그만둘까……?"

"바, 바보. 나도 여자야. 주무르라고 말한 이상 취소할 생각은 없어. 내 가슴…… 마음껏 즐기도록 해."

"네가 그렇게 말한다면야……."

나는 무아지경에 빠져 가슴을 주물러댔다.

양손으로 들어 올려보기도 하고, 가슴을 덥석 움켜쥐고 좌우로 당겨보기도 했다.

멜론만 한 유즈키의 가슴은 주무를 때마다 역동적으로 형태를 바꾸었다.

내가 좋아하는 여자애가 교복 안쪽에 이렇게 야한 걸 숨기고 있었을 줄이야.

"유, 유즈키…… 브래지어, 벗겨도 괜찮을까……?"

"뭐……? 모, 못 말려…… 조금만이야."

의외로 간단히 허락이 떨어졌다.

나는 브래지어 아래쪽에 달린 후크에 손가락을 걸었다.

그리고 조금씩 밑으로 잡아당겼다.

후크를 풀어버리는 것보다는 밑으로 내리는 편이 더 야할 것 같

아서였다.

윽, 나도 지금 제정신은 아닌 모양이다.

"흐앗…… 그러다 브래지어 망가지겠어……. 하윽, 그렇게 강하게 잡아당기면…… 유두에 걸려서……."

"미, 미안."

"괜찮아. 어차피 조만간 보여주게 될 테니까. 지금 보여줘도 딱히 문제는……."

""…………!""

바로 그때, 나와 유즈키가 동작을 멈추었다.

밖에서 뚜벅뚜벅 발소리가 들려왔기 때문이다.

발소리는 여자 탈의실 쪽으로 다가오고 있었다.

나는 황급히 참회실의 커튼을 열고 안으로 뛰어들었다.

설마 이곳이 이렇게 도움이 될 줄이야.

"위, 위험했네……."

"어? 잠깐, 유즈키. 왜 너까지 안으로 들어온 거야?"

아쉽지만 이 참회실은 신부와 죄인이 같이 들어갈 수 있을 만큼 넓지 않았다.

어디까지나 1인용이었다.

당연했다. 남들 앞에서 옷을 갈아입는 것을 부끄러워하는 여학생들을 위한 장소니까. 두 명 이상이 들어올 필요가 없었다.

"부, 분위기상 나도 모르게……."

"…………."

여동생에게 얼빠진 구석이 있다는 평가를 들을 만하군.

"……그런데 누구지? 어라, 리나잖아."

"응? 그러네. 타카야구나."

나와 유즈키는 커튼을 살짝 열고 안으로 들어온 인물이 누군지 확인했다.

붉은 메쉬가 들어간 흑발의 미소녀. 유즈키의 친구인 타카야 리나였다.

타카야는 가방을 사물함에 던져 넣고 스마트폰을 쳐다보기 시작했다.

"타카야는 뭘 하는 거지. 체육 수업을 받으러 간 거 아니었나?"

"어차피 지각했으니 천천히 가자는 마인드 아닐까. 리나는 적당적당한 성격이거든."

그렇게 유즈키와 속닥거리며 대화를 나누고 있을 때였다. 갑자기 타카야 스마트폰을 사물함에 집어넣고는 블라우스와 치마를 벗어버렸다.

"우왓……."

"앗, 눈 감아, 마사키! ……아닌가? 딱히 봐도 상관없나?"

"다, 당연히 보면 안 되지."

나는 황급히 타카야에게서 고개를 돌렸다.

옷 갈아입는 여성을 엿보는 건 남자다움과 백만 년 떨어진 비열한 행위다.

"리나는 탱크톱을 입고 있어. 밑에도 스패츠 차림이고."

"그것도 속옷이나 마찬가지잖아."

"리나는 가끔 저 차림으로 밖에서 춤을 추기도 하는걸."

"춤을 춘다고?"

"아, 마사키는 모르려나. 저거 봐봐."

정말 봐도 괜찮은 걸까. 나는 그렇게 생각하면서도 다시 커튼 사이로 탈의실을 들여다보았다.

타카야는 다시 스마트폰을 손에 들고 콧노래를 흥얼거리며 스텝을 밟고 있었다.

"리나는 댄스 교습도 받고 있어. 길거리에서 춤을 추는 건 기본이고. 춤에 진심인 녀석이야."

"그렇구나. 확실히 잘 추네."

나는 춤에 대해서 잘 모르지만 타카야의 스텝이 능숙하다는 것은 알 수 있었다.

"……그건 그렇고, 이렇게 떠들다 들키겠어."

"괜찮지 않을까? 리나는 귀에 이어폰을 꽂고 있잖아. 아무것도 들리지 않을 거야."

"어, 정말이네……."

자세히 보니 타카야의 귀에는 무선 이어폰이 꽂혀 있었다.

스마트폰으로 춤 내용을 확인하고 있는지 이쪽을 쳐다볼 기미는 전혀 없었다.

"지금이라면 몰래 빠져나갈 수 있겠군……."

"너무 무모한 행동이야. 일단은 상황을 지켜보는 게 좋겠어. 들키면 마사키가 곤란해지니까……."

"…………."

유즈키는 나를 여자 탈의실로 데려온 것에 책임감을 느끼는 모양이었다.

　하지만 정말로 싫었다면 나도 저항했을 테니 유즈키가 책임감을 가질 필요는 없었다.

　"읍……?"

　"하음, 쪽…… 으음……."

　"유, 유즈키……!"

　무슨 생각인지 유즈키가 느닷없이 내게 키스해 왔다.

　나를 와락 끌어안는 바람에 노출된 가슴이 내 몸에 뭉개졌다.

　"무, 무슨 짓이야?"

　"친구가 옆에 있는 상황에서 이러니까 두근거리지 않아?"

　"유즈키, 조금 진정하는 게…… 으읍."

　유즈키는 씨익 웃더니 다시 키스를 했다.

　"어차피 리나 녀석, 적어도 10분은 저러고 있을 거야. 이대로 멍하니 기다리는 것도 아깝잖아. 아니면 리나의 스패츠 차림을 감상하고 싶어서 그래?"

　"……나는 유즈키의 가슴을 보고 싶어."

　"그렇게 나와야지. 하읍, 쪽."

　우리는 쪽쪽 소리를 내가며 키스를 하고 혀를 애무했다.

　타카야는 이어폰을 끼고 있으니 이 정도 소리는 들리지 않을 것이다.

　"앗, 마사키……!"

　흥분한 나는 키스를 하면서 유즈키의 가슴을 주물렀다.

　가슴의 밑부분을 붙잡아 들어 올리고, 좌우로 잡아당기기도 하면서 변화를 주었다.

이 가슴의 탄력과 감촉을 철저하게 만끽하고 싶었다.

"하읍…… 흐읍, 쪽, 하음……."

가슴을 주무르자 유즈키는 사랑스러운 목소리를 내면서 적극적으로 입술을 들이밀었다.

내가 이런 행복을 맛봐도 되는 것일까.

유즈키라는 다른 세상의 미소녀와 키스를 하면서 G컵 가슴을 마음껏 주무르고 있다니.

"마, 마사키…… 너무 거칠어……. 목소리가 나와서…… 하읍……! 리, 리나한테, 들리고 말 거야…… 음으읍……!"

나는 유즈키의 입술을 틀어막고 혀를 집어넣었다.

이렇게 키스를 하고 있으면 큰 소리를 내지는 못할 것이다.

"하읍…… 리, 리나가 방금 이쪽을 쳐다보지 않았어……? 아앙…… 드, 들키면 어떡하지…… 부끄러운데……."

"여동생 앞에서는 태연하더만."

"여, 여동생과 친구는 전혀 다르다구……. 흐아앙……!"

가슴을 강하게 움켜쥐자 유즈키는 상체를 젖히며 움찔움찔 경련했다.

지금 이건 혹시…….

"마, 마사키…… 더는 안 돼……. 안 되지만…… 한 번만 더 뽀뽀해 줘……♡"

"알았어……."

나는 고개를 끄덕이곤 유즈키의 부드러운 입술에 입을 맞췄다.

아무래도 가슴이 상당히 예민해져 있는 모양이다. 힘들어 보이니 여기까지만 하기로 했다.

만질 거 다 만져놓고 걱정하는 것 같아서 괜히 더 미안하군.

"하아……. 앗. 리리가 춤을 멈췄어. 체육 수업에 가려고 그러나……?"

"그런가 보네."

"아앙♡"

나는 마지막으로 유즈키를 꽉 끌어안아 주었다.

죄책감 때문이기도 하지만, 그것과는 별개로 상냥하게 대해주고 싶었다.

아무리 차려진 밥상이라도 쌍둥이를 배려하는 마음을 잊으면 곤란했다.

시대착오적인 생각일지도 모르지만 남자라면 여자에게 친절해야 된다고 생각한다.

방과 후.

오늘도 혼자서 귀가할 예정이었다.

단, 목적지는 유즈키 자매의 아파트였지만.

집에서 짐이 도착했을지도 모르니 어서 돌아가 정리해야 했다.

주변의 이목도 있으니 유즈키와 함께 하교하는 건 피하기로 했다.

그리고 유즈키도 친구들과 지낼 시간이 필요할 것이다.

나와 묘한 관계가 되기는 했지만, 쌍둥이의 일상생활을 망가트리고 싶지는 않았다.

나는 신발장에서 운동화로 갈아신고 학교를 나섰다. 그런데 그때였다.

"얘, 마사키."

"응?"

고개를 돌리자 타카야 리나가 눈앞에 서있었다.

붉은 메쉬가 들어간 흑발에 늘씬한 몸매.

춤을 배우고 있다는 사실을 알게 돼서인지 걸음걸이도 왠지 유연해 보였다.

타카야를 빤히 쳐다보기도 잠시. 나는 여자 탈의실에서 있었던 일을 떠올리곤 흠칫했다.

타카야가 일대일로 내게 말을 건 것은 이번이 처음이었다. 그 말인즉…….

"미안한데, 잠깐 시간 될까?"

"내가 잘못했어!"

"엥?"

"체육 수업 때 일로 찾아온 거지? 정말로 잘못했어!"

나는 자세를 바로잡고 머리를 숙였다.

변명할 생각은 없었다. 내가 잘못했으니 사과해야 했다.

"체육 수업……? 무슨 뜻인데? 왜 사과하는 거야?"

"어? 아니야?"

"아니라니 뭐가. 도대체 왜 미안한데."

"타카야 너, 오늘 여자 탈의실에서 음악을 들으면서 춤췄었지?"

"응? 마사키가 그걸 어떻게 알았어?"

"그때 커튼 뒤에 숨어있었거든."

"뭐어?!"

타카야는 눈을 동그랗게 뜨고 얼굴을 붉혔다.

화려한 겉모습과 달리 꽤 순진한 반응이었다.

"호, 혹시…… 참회실? 거기에 숨어있었던 거야?"

이런, 무례한 생각이나 하고 있을 때가 아니다.

타카야가 어떤 반응을 보이든 나는 사과하는 수밖에 없었다.

"미안! 네가 탱크톱에 스패츠 차림으로 있는 걸 봐버렸어. 학교에 보고해도 되고, 그래도 성에 안 차면 경찰에 신고해도 좋아!"

"자, 잠깐만. 그보다 어째서 마사키가 여자 탈의실에…… 아, 유즈구나."

타카야는 하늘을 올려다보며 하아, 하고 한숨을 내쉬었다.

"도대체 무슨 짓이래. 그 바보. 어쨌든 알았어. 밖에서 엿보면 엿봤지, 보통은 엿보려고 여자 탈의실에 숨어들진 않으니까."

"……유즈키는 관계없어. 내가 바로 탈의실을 나갔다면 이런 일은 없었을 거다."

"하아……. 뭐, 됐어. 속옷을 보여준 것도 아니고, 너도 유즈의 피해자니까 용서해 줄게."

"아니지, 피해자는 너잖아."

타카야는 유즈키가 무슨 짓을 저지를지 모를 성격의 소유자라는 것을 숙지하고 있는 모양이었다.

"……정말로 용서해 주는 거야?"

"내, 내 모습을 떠올리면서 음흉한 짓만 하지 마! 그럼 용서할게!"

타카야가 얼굴을 붉게 물들이며 말했다.

"알겠어. 네 모습을 떠올리면서 음흉한 짓을 하지 않겠다고 맹세할게."

"복창하지 말고! 괜히 부끄러워지잖아⋯⋯!"

정말로 부끄러웠는지 타카야는 손바닥으로 부채질을 했다.

"이, 이 얘기는 이걸로 끝! 다시 꺼내기 없기야! 그보다⋯⋯ 내가 묻고 싶은 건 유즈에 대해서야."

"유즈키에 대해서? 뭐가 궁금한 건데?"

엿보기가 메인 주제가 아니라서 솔직히 다행이었다. 하지만 내가 유즈키에 관해서 제대로 대답할 수 있을지 자신이 없었다.

"나뿐만 아니라 다들 궁금해하고 있어. 마사키 너, 어쩌다가 유즈키랑 친해진 거야?"

"아아⋯⋯."

그렇군. 친구로서 유즈키의 교우 관계가 신경 쓰였던 모양이다.

무리도 아니었다. 학교 피라미드의 정점에 있는 유즈키가 어느 날 갑자기 무섭게 생긴 남학생과 친하게 지내고 있으니.

참고로 나는 피라미드의 바닥도 아니고 바깥에 존재하는 수준이었다.

빈말로도 츠바사 유즈키와 어울리는 커플이라고 말하긴 힘들었다.

이렇게 되면 답은 하나뿐이다.

"⋯⋯나, 유즈키한테 고백했었어."

"뭐? 진짜?"

타카야의 의혹을 걷어내려면 사실대로 말하는 수밖에 없었다.

쌍둥이의 비밀을 내 입으로 말할 수는 없지만, 엿보기까지 해놓고 타카야에게 거짓말을 하는 건 양심상 불가능했다.

"유즈한테 고백한 녀석이야 많지만, 설마 마사키가⋯⋯. 어? 잠깐. 혹시 유즈가 수락한 거야?"

"그건⋯⋯ 내 입으로는 말할 수 없어."

유즈키도 끝까지 잡아떼라 말했으니 나로서는 이게 최선이었다.

"어째 두루뭉술한 대답이네. 혹시나 해서 확인하는 건데, 마사키는 유즈를 진심으로 좋아하는 거지?"

"그건 확실해. 나는 유즈키가 좋아."

"⋯⋯어째 물어본 내가 더 부끄럽네. 어우, 더워."

타카야는 다시 손으로 부채질을 했다.

"유즈도 고백을 많이 받았지만 이렇게 직설적인 남자애는 몇 명 없었는데⋯⋯ 아니, 처음인가."

"그랬구나⋯⋯."

쌍둥이가 내게 호감을 가진 것은 내가 특이한 녀석이기 때문일지도 몰랐다.

유즈키의 절친인 타카야가 하는 말이니 내가 별종인 건 사실인 듯했다.

"그런데 타카야는 유즈키와 친구가 된 지 얼마나 됐어?"

"응? 글쎄, 오래되진 않았어. 고등학교에 입학한 뒤로 친해졌으니까. 유즈가 중학교 때 어떤 애였는지는 솔직히 나도 잘 몰라."

"그러면 쌍둥이······."

"응?"

나는 황급히 입을 다물었다.

하마터면 유즈키가 쌍둥이라는 사실을 모르냐고 물어볼 뻔했다.

내 실수다. 유즈키가 쌍둥이라는 사실을 타카야에게 털어놓았다 하더라도 내 입으로 해서는 안 될 말이었다.

타카야가 유즈키와 친하다 보니 말이 헛나올 뻔했다. 정말로 위험했다.

"아, 아무것도 아냐."

"쌍둥이라니······. 내가 쌍둥이라는 걸 마사키한테 말했던가?"

"뭐?"

한순간 타카야가 무슨 말을 하는지 이해하지 못했다.

하지만 사실은 전혀 어려울 것 없는 말이었다.

"어······ 잠깐만. 타카야도······ 아니, 타카야는 쌍둥이인 거야?"

"맞아. 딱히 숨길 생각도 없고. 뭐, 여동생은 이곳 학생이 아니지만."

"다른 학교에 다니나 보네."

"음······. 이런저런 일이 있어서 학교에는 다니고 있지 않아. 그렇다고 등교 거부를 한다거나 히키코모리라는 건 아니지만."

"그렇구나······."

양쪽 다 아니라면 나도 그 이상 짐작 가는 바가 없었다.

하지만······ 불가능할 정도는 아니더라도 참 묘한 인연이었다.

유즈키와 후우카에 이어서 타카야도 쌍둥이라니.

17년 인생 동안 쌍둥이를 본 적이 한 번도 없었는데 며칠 만에 둘이나 마주치고 말았다.

　"내 얘기는 그만 됐어. 그보다 유즈에 대해서 얘기하고 싶어."

　"그, 그래."

　"유즈는 남자들한테 인기가 엄청 많잖아? 그런데 아무도 사귀지 않아서 이상하다고 생각했어."

　"이상할 건 없지 않나. 단지 취향에 맞는 사람이 없었던 걸지도 모르지."

　쌍둥이가 모두 좋아할 수 있는 상대를 찾고 있었다고는 짐작도 못 했을 것이다.

　"그것 말고도 유즈한테는 여러모로 신경 쓰이는 부분이 있었어. 뭐랄까, 누구에게도 마음을 열지 않는다는 느낌도 받았고."

　"오히려 누구에게도 허물없이 대하던데."

　"그건 그렇지만……."

　타카야는 납득하기 힘들다는 표정을 지었다.

　유즈키는 평범하다고 말하기 힘든 특별한 쌍둥이였다. 이런 비밀을 간직하고 있기에 남들과 어느 정도 선을 긋고 있었던 게 아닐까.

　타카야는 유즈키와 친하게 지내는 만큼 그런 부분을 민감하게 느낀 모양이었다.

　"가장 신경이 쓰이는 점은…… 뭐라고 말해야 좋을까. 유즈키는…… 신들린 것 같다고나 할까."

　"시, 신들렸다니?"

"무슨 뜻인지 알겠어?"

"대충은……."

신들렸다는 말은 신이 빙의된 상태를 일컫는 표현이다.

또는 신이 깃든 것처럼 보일 정도로 초월적인 언동이나 행동을 보이는 상태라고 할 수 있을 것이다.

"최근에도 그런 일이 있었어."

"어, 어떤 일인데?"

"노래방에서 노래를 부르고 있었는데, 갑자기 유즈가 '앗, 비다' 라고 중얼거리는 거야. 다른 곳도 아니고 노래방에서 말야. 창문 도 없거니와, 시끄러워서 빗소리가 들릴 리도 없잖아. 참고로 스마트폰도 안 보고 있었어. 일기예보를 확인한 건 아닐 거야."

"…………."

운명의 쌍둥이라는 말이 생각났다. 후우카가 밖에서 비라도 맞고 있었던 것일까.

그 쌍둥이는 비를 맞는 감각까지 공유해 버리는 건가.

"아무것도 없는 장소를 고양이처럼 빤히 쳐다보는 일도 흔하고. 그런 신비한 모습이 인기의 비결인 걸지도 모르지만."

"……유즈키한테 그런 점이 있었구나. 난 몰랐어."

"교실에서는 자제하고 있는 것 같거든. 학교 끝나고 같이 놀러 다니는 나 말고는 알아차리기 힘들 거야."

타카야가 은근히 자랑하듯 말했다.

나도 오랫동안 유즈키를 지켜봐 왔지만 전혀 눈치채지 못했다. 유즈키에게 그런 면모가 있었을 줄이야.

"타카야, 이건 내 추측인데."

"응?"

"유즈키는 타카야가 개의치 않고 평범한 친구로 있어 주길 원했던 게 아닐까."

유즈키는 쌍둥이의 비밀을 극히 일부의 관계자에게만 밝히고 있었다.

타카야를 믿지 못해서가 아니라, 지금까지의 편안한 관계를 바꾸고 싶지 않아서라는 생각이 들었다.

일방적인 추측이지만 왠지 그럴 것 같았다.

"마사키……. 얼굴이나 분위기만 보고 무서운 애일 줄 알았는데, 대화해 보니까 인상이 좀 달라졌어."

"무섭게 생겨서 미안하네요. 앞으로는 무서워할 필요 없어. 나도 딱히 주변 사람을 겁주고 싶지는 않거든."

"그런가 보네. 유즈가 화두에 오르니까 말도 많아지고. 나보다도 여러모로 생각이 많은 것 같아."

"타카야한테도 오해를 샀었나 보네. 아니, 내 책임인가."

나는 씁쓸하게 웃으며 고개를 내저었다.

"하긴, 그렇겠지. 나는 남들이 자신을 무서워하는 걸 너무 당연하게 생각하고 있었던 걸까."

"다들 오해하고 있기는 해. 나도 그랬지만 말야. 이렇게 대화할 일이 없었다면 아직도 오해하고 있었을 거야."

"오해를 풀려고 노력하지 않으면 유즈키한테 민폐를 끼칠지도 모르겠어."

"……어째 마사키는 유즈를 중심에 두고 생각하는 것 같네."

"그럴지도."

정확히 말하면 유즈키와 후우카라는 쌍둥이를 중심에 두고 있었다.

쌍둥이의 남자친구가 되기로 한 이상 언제나 그녀들에 대해서 생각하고 고민해야 했다.

그저 욕망에 지배당해 쌍둥이와 즐기기만 할 수는 없었다.

"나도 유즈에 대해서 모르는 점이 잔뜩 있다고 생각해. 의외로 마사키가 새로운 계기가 될지도 모르겠어. 나와 유즈의 관계에 있어서 말야."

"그렇게 되면 좋겠네."

"응, 마사키. 다짜고짜 사이좋게 지내기는 어렵겠지만, 우리도 조금씩 노력해 보자."

"그래."

나는 타카야가 내민 손을 강하게 움켜쥐었다.

작고 부드러운 손이다.

유즈키의 친구이자, 츠바사 자매와 같은 쌍둥이.

왠지 타카야 리나와의 관계도 앞으로 커다란 변화를 맞이할 듯한 예감이 들었다.

7. 쌍둥이는 메이드가 되고 싶은 모양입니다

    나는 아직 고급 아파트에 적응하지 못한 상태였다.

    17년 평생을 낡고 비좁은 상가주택에서 살아왔으니 무리도 아니었다.

    고작 며칠 만에 도어락과, 로비, 엘리베이터, 컨시어지가 완비된 고층 건물에 적응할 수 있을 리가 없었다.

    그랑리베시아 요미하마 최상층.

    엘리베이터에서 내린 나는 사전에 맡아둔 카드키로 현관문을 열고 안으로 들어섰다.

    쌍둥이는 "맡겨놓은 게 아니라 네(마사키 씨) 거야(거예요)"라고 말했지만.

    나는 눈부실 정도로 밝은 현관을 지나, 복도를 따라서 거실로 향했다.

    현관과 복도에 종이상자 같은 것은 보이지 않았다. 이삿짐 센터에서 내 방까지 옮겨다 놓은 것일까.

    그때였다. 거실에서 어떤 소리가, 아니, 목소리가 들렸다.

    유즈키와 후우카는 아무 데도 들리지 않고 곧바로 귀가한 걸까.

    "다녀왔어."

    ""어서 오세요, 주인님!""

    "……이 집의 주인은 너희잖아."

    거실로 이어지는 문 앞에 쌍둥이가 서 있었다.

쌍둥이는 완전히 똑같은 각도로 머리를 숙이고, 완전히 똑같은 타이밍에 머리를 들어 올렸다.

무시무시한 싱크로율이다.

유즈키와 후우카는 검은색 원피스에 하얀색 프릴이 달린 에이프런을 착용하고 있었다. 소위 말하는 메이드복이었다.

"분위기 좀 읽어, 마사키."

"이럴 때는 '우헤헤, 고생하고 들어온 주인님께 키스나 해봐라'라고 메이드에게 성희롱을 하셔야죠, 마사키 씨."

"이제 막 귀가한 사람한테 무슨 말을 시키는 거야."

그래도 성희롱 한두 마디는 해주고 싶어질 만큼 선정적인 복장이었다.

유즈키는 미니 스커트라서 조금만 움직여도 팬티가 노출되었다.

후우카는 가슴 윗부분이 훤히 드러나 있어 가슴골이 대놓고 보였다.

두 메이드복은 비슷하면서도 은근히 강조하는 포인트가 달랐다. 그리고 그 점이 나를 현혹시켰다.

"그나저나 갑자기 웬 메이드복이야?!"

"예전에 우리 본가에서 쓰였던 옷이야."

"저희가 어렸을 무렵에는 메이드분들이 실제로 이런 의상을 입었어요."

"…………."

스커트의 길이와 훤히 드러난 가슴골.

그 메이드는 정말로 집안일에 종사했던 걸까?

"츠바사 가문은 정말로 메이드를 두고 있는 거야? 요즘 시대에 메이드라니."

"아, 제 옷의 상의랑 유즈 언니의 미니 스커트는 개조한 거예요. 저희 집에서 일하는 메이드분들은 프로라서 이렇게 성적인 의상은 입지 않아요."

"성적인……."

"요즘에는 에이프런에 셔츠와 바지를 입는 게 보통이야. 시시하게 말야."

"……메이드의 이미지가 변한 탓일지도 모르겠네."

자세히는 모르지만 메이드 찻집도 존재하는 모양이고, 야한 동영상에서도 단골처럼 등장하곤 했다.

사회적인 시선 때문에라도 오늘날 가정부에게 메이드복을 입히기는 어려워 보였다.

"뭐, 우리 집안에서 일하는 일부 메이드가 클래식한 복장을 고수하고 있기는 해."

"맞아요. 그분들은 좀 특이한 분들이거든요."

"…………."

이 쌍둥이에게 '특이하다'라는 평가를 받다니. 그 일부 메이드는 정말로 별종인 모양이었다.

나는 츠바사 가문에 절대로 접근하지 않기로 했다.

"어쨌든, 다짜고짜 메이드복이라니…… 갑자기 무슨 바람이 분 거야?"

"사실 메이드복은 파괴력이 강해서 나중에 입으려고 했었어."

"하지만 아끼는 게 능사는 아니니까요. 마사키 씨에게 이것저것 충분히 털어놓았으니, 이제는 적극적인 공세를 가할 차례예요."

"……그래서 메이드복을 입은 거야?"

말은 그렇게 했지만 확실히 파괴력은 대단했다.

지금까지 메이드 찻집이나 메이드가 등장하는 야한 동영상에는 전혀 관심이 없었건만.

이 미소녀 쌍둥이의 메이드복 차림은 너무나 귀여웠다.

"어쨌든 마사키를 멈칫하게 만들었잖아. 선제공격은 성공했지."

"현관을 열고 5초도 안 돼서 메이드가 튀어나왔으니 무리도 아니죠. 심지어 쌍둥이라니."

"뭐……. 쌍둥이라는 요소 때문에라도 파괴력은 확실하네."

심지어 어지간한 아이돌을 능가하는 미소녀.

이 모습을 보고 아무렇지도 않은 남고생이 오히려 소수파일 것이다.

"게다가 마사키는 오늘 후우카의 팬티를 실컷 감상했잖아?"

"마사키 씨는 오늘 유즈 언니의 가슴을 실컷 만졌잖아요?"

"정보가 공유되는 거 엄청나게 부끄럽구나……."

내가 언니나 여동생과 얼마나 찐득한 시간을 보냈는지 이 자매는 전부 알고 있었다.

"우리는 서로 대화를 나누지 않아도 알거든. 왠지 모르게."

"어느 한쪽만 몰래 편애하면 다 들킨다구요?"

"너희도 참 피곤한 인생을 살고 있구나……."

언니가 남자와 무슨 짓을 하는지, 여동생이 남자와 무슨 짓을 하는지 알 수 있다니.

일반적인 상황이라면 기분이 썩 좋지는 않을 것이다.

그렇다면 같은 남성을 사귀는 게 해결책일까? 무작정 그렇지만도 않아 보였다.

"보통은 질투를 하겠지……."

쌍둥이 미소녀와 사귈 수 있다면 대부분의 남자들은 기뻐할 것이다.

하지만 한꺼번에 사랑받는 쌍둥이의 기분은 어떨까.

"물론 후우카 이외의 여자한테 손을 대면 죽이…… 가만두지 않겠어."

"유즈 언니한테는 무슨 짓을 해도 화내지 않아요. 하지만 다른 여자한테 손을 댄다면 죽이…… 용서하지 않을 거예요. 예를 들면 유즈 언니의 친구라던가 말이죠."

죽이겠다고 말하려다 중간에 말을 바꾸는 쌍둥이들.

다른 사람에게 "죽이지 마세요!"라는 말은 종종 들었어도 "죽이겠어"라고 협박당한 것은 처음이었다.

"그런데 후우카도 타카야랑 아는 사이야……?"

"타카야? 그게 누구죠?"

"……됐어. 아무것도 아냐."

후우카는 내가 여자 탈의실에 숨어들었다는 사실이나 타카야와 방과 후에 둘이서 대화를 나눴다는 사실을 모르는 모양이었다. 그저 막연하게 그런 일이 있었다고 느낀 모양이었다.

유즈키도 탈의실에서 있었던 일을 설명할 생각은 없는 듯했다.

"어쨌든 모처럼 메이드복을 입었잖아! 마사키 마음대로 해도 좋아!"

"맞아요. 모처럼 메이드복을 입었잖아요. 점심시간에 하던 거…… 마저 할까요?"

"…………"

나는 침을 꿀꺽 삼켰다.

한심하게도 쌍둥이의 메이드복 차림에 흥분해 버리고 말았다.

유즈키의 짧은 치마도, 후우카의 훤히 드러난 가슴골도 너무 훌륭했다.

유즈키는 치마가 짧은 대신 가슴에 노출이 없었고, 후우카는 가슴골을 드러낸 대신 치마가 길었다.

이 대비가 나를 더욱더 흥분시켰다.

"마사키. 어느 쪽이랑 할래? 아니면 동시에?"

"저는 동시에 해도 상관없어요……. 아니, 동시에 해주셨으면 좋겠어요."

유즈키와 후우카가 내게 키스를 해 왔다.

우리가 사귄 지는 하루밖에 되지 않았고, 첫 키스도 어제가 처음이었다.

쌍둥이와 사귀게 된 것만으로도 머리가 어질어질한데 진도가 나가는 속도도 너무 빨랐다.

보통의 두 배…… 아니, 20배 정도는 되지 않을까?

물론 관계가 진전되는 속도는 연인마다 다 다르다.

하지만 처음으로 사귀는 고등학생 커플이라면 키스까지 못해도 1개월은 걸리지 않을까.

선을 넘어버리는 데까지는 3개월. 아니, 반년이 걸려도 이상하지 않았다.

그런데 우리는…….

"후후, 차라리 우리 쪽에서 공략해 볼까?"

"메이드니까요. 적극적으로 봉사해 드려야겠죠."

어느새 나는 쌍둥이를 좌우에 끼고 거실 소파에 앉아있었다.

"잠깐 기다려! 이제 막 귀가한 사람한테 또 뭘 시켜려고?!"

"마사키는 아무것도 하지 않아도 돼. 학교에서는 가슴을 잔뜩 보여줬으니…… 이번에는 여길 보여줄게."

유즈키는 한쪽 손을 내 목덜미에 두르고, 다른 쪽 손으로 본인의 짧은 치마를 들추었다.

흰색의 팬티가 흘끔 엿보였다.

"저는 팬티를 충분히 보여드렸으니…… 이번에는 이쪽을 보여드려야겠네요."

후우카도 한쪽 손을 목덜미에 두르고, 반대쪽 손으로 상의를 잡아당겨 검은색 브래지어를 드러냈다.

발랄한 유즈키가 청초한 흰색의 팬티를, 얌전한 후우카가 섹시한 검은색 브래지어를 입고 있었다. 갭이 느껴져서 좋았다.

아니, 잠깐.

유즈키의 팬티는 우연인지 상당히 아슬아슬한 위치까지 내려가 있었다.

후우카의 브래지어도 위치가 어긋나서 핑크색의 무언가가 살짝 엿보였다.

"앗…… 마, 마사키 씨의 바지가……."

"우와…… 괴, 굉장해. 말로는 들어봤지만 정말로 이렇게 커질 줄이야……."

두 사람의 시선이 내 신체 일부에 집중되었다.

창피함이 몰려왔지만 여태껏 두 사람의 몸을 감상해 놓고 나 혼자만 도망칠 수는 없었다.

아니, 애초에 도망을 치기에는 내가 너무 흥분해 있었다.

"그러면…… 메이드인 우리가 여기도 봉사해 줄까?"

"그렇네요……. 저희는 메이드니까요. 당연히 이쪽도 봉사해 드려야겠죠."

"너, 너희들, 설마……!"

아무래도 그 설마가 맞는 듯했다.

유즈키와 후우카는 바닥에 무릎을 꿇더니 내 하반신 앞으로 얼굴을 가져왔다.

두 미소녀의 얼굴이 나의 소중한 부위로 다가오고 있다.

이틀간 온갖 믿기지 않는 상황을 겪었지만, 이건 그중에서도 톱클래스였다.

"여기를 보여주면…… 더 커지는 거지?"

"저, 저도……. 이쪽을 봐주세요, 마사키 씨……."

유즈키는 미니 스커트를 들추고, 후우카는 상의를 밑으로 젖혔다.

흰색의 팬티와 검은색의 브래지어가 나를 더욱더 흥분시켰다.

"그럼…… 시작하자."

"네, 유즈 언니……."

귀를 새빨갛게 물들인 쌍둥이는 작은 혀를 내밀고 얼굴을 가까이 들이댔다.

그러고는 능숙하게 내 바지를 벗겨 페니스를 노출시켰다. 요리를 하던 때처럼 호흡이 척척 맞았다.

쌍둥이 메이드가 혀를 이용해 내 물건을 할짝할짝 핥기 시작했다. 번갈아 가면서 쪽, 쪽 하고 입을 맞추기도 했다.

짜릿한 쾌감이 내 전신을 꿰뚫었다.

"쪽, 마사키 씨의 이곳…… 굉장해요……."

"우리를 보고 흥분했구나……."

"누가 가슴을 보여주든, 누가 팬티를 보여주든…… 이제는 아무래도 상관없지 않나요, 유즈 언니?"

"역시 내 동생이야. 나랑 똑같은 생각을 했구나, 후우카."

"자, 잠깐. 이번에는 또 뭘 하려고……."

"마사키는 아무것도 걱정할 거 없어, 쪽♡"

"오늘 저희는 메이드니까……. 특별 서비스예요♡"

쌍둥이 메이드는 페니스에 진한 키스를 하면서 서로의 메이드복에 손을 얹었다.

그러고는 메이드복의 상의를 확 잡아당겨 가슴을 노출시켰다.

"우왓……!"

처음부터 브래지어 차림이었던 후우카는 그 브래지어까지 밑으로 내려버렸다.

유즈키도 마찬가지로 자신의 브래지어를 밑으로 내렸다.

그 결과, 두 쌍둥이의 커다란 가슴이 출렁거리며 모습을 드러
냈다.

심지어 묵직한 가슴뿐만 아니라 그 중심부의 핑크색 돌기, 즉,
유두까지 훤히 보이고 있었다.

"부, 부끄럽긴 하네."

"그, 그러게요……. 이런 모습을 보여준 건 유즈 언니를 제외하
면 처음이니까요."

쌍둥이는 부끄러워하면서도 가슴을 가리려 하지 않았다.

둘레가 90cm에 달하는 가슴과 아담한 유륜, 그리고 뾰족하게
튀어나온 유두.

가슴의 사이즈뿐만 아니라 유두의 크기까지 한 치의 오차도 없
이 동일했다.

"꺄악! 마사키의 물건이 더 커져 버렸어……."

"저희들의 가슴을 보고 흥분하셨군요……. 귀여워요…… 쪽."

후우카는 페니스의 끝부분에 키스를 하고, 유즈키는 혀를 이용
해 기둥을 핥았다.

""쌍둥이 메이드가 입으로 봉사해 드릴게요, 주인님. 저희들의
가슴과 팬티를 감상하면서 봉사를 만끽해 주세요.""

유즈키와 후우카가 입을 모아 말했다.

이어서 쌍둥이는 자신의 치마를 걷어 올렸고, 언니의 하얀 팬
티와 여동생의 검은색 팬티가 모습을 드러냈다.

"으음, 쪽."

"하읍, 쪼오옥."

두 사람은 다시금 페니스를 핥고, 키스를 하기 시작했다.

유즈키는 페니스의 윗부분을 입에 물었고, 후우카는 뿌리를 핥았다.

하지만 그것도 잠시. 이번에는 후우카가 쭈븝쭈븝 소리를 내면서 페니스를 빨았고, 유즈키는 뿌리 근처에 혀를 낼름거렸다.

시각적인 자극과 신체적인 자극 모두 너무 강렬했다.

"꺄악, 마사키 씨……♡"

"앙……! 손길이 거칠어, 마사키……♡"

나는 손을 뻗어 쌍둥이의 가슴을 하나씩 움켜쥐고 주무르기 시작했다.

굉장히 부드러웠다. 엄청난 볼륨감이 손바닥을 통해 전해져 왔다.

"더 강하게 붙잡아도 괜찮아. 우리도 봐주지 않을 테니까♡"

"저희들의 가슴을 마음껏 주물러 주세요. 그 대신…… 저희도 열심히 핥을게요♡"

이렇게 되면 저항할 방법이 없었다.

나는 유즈키와 후우카의 머리를 손으로 붙잡고 더욱더 단단해진 페니스가 있는 곳으로 끌어당겼다.

8. 쌍둥이는 무슨 짓을 꾸미고 있는 모양입니다

"좋은 아침, 마사키."

"좋은 아침이에요, 마사키 씨."

이른 아침. 하품을 하면서 거실로 나오자 쌍둥이가 다가와 내게 키스를 했다.

이 고급 아파트에서 살기 시작한 지 10일 정도가 지났다.

이제는 아침에 일어나면 쌍둥이와 키스하는 것이 일상처럼 되어 있었다.

심지어 쌍둥이는 매일 나보다 먼저 일어나 아침 준비까지 해주고 있었다.

나도 일찍 일어나는 편이지만 쌍둥이는 그런 나보다도 부지런했다.

딱히 나를 배려해서 그런 건 아닌 모양이었다. 츠바키 집안 사람들은 원래부터 잠이 적은 아침형 인간이었다.

"좋은 아침. 유즈키, 후우카. 오늘 아침은 생선인가."

"네. 오늘 아침은 제가 차렸어요. 메인은 연어 버터 구이. 된장국은 팽이버섯을 넣고 끓여봤어요."

"맛있겠는걸. 기대되네."

나는 교복에 앞치마를 착용한 후우카의 잘록한 허리를 끌어안으며 입맞춤을 했다.

"쪽……. 제 입술에서 버터 맛이 나죠? 방금 전에 연어를 시식

했거든요♡"

"정말이네. 약간 달콤해."

그렇게 두세 차례 후우카와 키스를 한 다음 그녀의 허리를 놓아주었다.

"그러면 마무리를 하고 올 테니 조금만 기다려 주세요."

후우카는 허둥지둥 주방으로 되돌아갔다.

나는 오늘도 기둥서방처럼 거실 소파에 앉아 밥이 완성되기를 기다렸다.

이런 상황이 아직도 낯설었지만 즐겁게 요리하는 쌍둥이를 방해할 수는 없었다.

"여동생의 입술은 맛있었어? 하여간, 복이 터졌구나."

유즈키가 히죽히죽 웃으며 소파에 앉아 나를 껴안았다.

"너도 방금 전에 나랑 키스했잖아. 복이 터진 건 사실이지만."

"하음, 쪽♡ 그걸로는 부족하지. 그래서 일부러 당번제로 바꾼 거잖아."

유즈키는 내게 키스하며 가슴을 들이밀었다.

그랬다. 경이로운 요리 실력을 보여주었던 첫날 이후, 두 사람은 방식을 바꿔 교대로 식사 준비를 하고 있었다.

한 명이 요리를 하는 동안 다른 한 명이 나와 꽁냥거리기 위해서였다.

나한테는 왜 이렇게 좋은 일만 일어나는 것일까.

"왜? 후우카가 신경 쓰여서 그래? 하긴, 교복에 앞치마를 한 여고생이라니. 남자들은 사족을 못 쓰겠지."

"아니, 내가 좋아하는 건 교복에 앞치마를 착용하고 요리하는 후우카야."

"와우. 사랑받고 있구나, 후우카."

"무, 무슨 이야기를 하는 건가요, 언니랑 마사키 씨는……."

부엌에 있는 후우카가 창피하다는 듯이 우리를 쳐다보았다.

어느 때는 대담하다가도 묘한 부분에서 부끄러움을 느끼는 건 쌍둥이 공통이었다.

이런 점도 귀엽기만 했다.

"물론 유즈키도 예뻐. 교복을 입기만 해도 예쁘다니 반칙이네."

"뭐, 나는 원판이 훌륭하니까♡"

유즈키는 뺨에다 뽀뽀를 하고는 내 가슴팍에 몸을 기댔다.

"그래도 인정해. 언니인 내가 보기에도 교복에 앞치마를 두른 후우카는 에로하긴 하네."

"예쁘다고 표현하면 안 될까요?!"

"섹시하다는 걸로 타협하자. 됐지?"

"참 신기해. 화려한 차림의 유즈키도, 청초한 차림의 후우카도 똑같이 에로하단 말이지."

"이상한 말씀을 하시네요……."

"그렇다면 언니인 내가 더 야해져야겠네."

"윽……!"

유즈키는 바닥으로 내려가더니 소파에 앉아있는 내 하반신에 얼굴을 들이댔다.

그러고는 바지에서 페니스를 꺼내 끝부분에 입을 맞췄다.

"유, 유즈키……."

"이렇게 딱딱해지다니……. 내가 편하게 해줘야겠네. 후우카는 요리를 하느라 바쁘니까."

"자, 잠깐……."

유즈키는 얼굴을 새빨갛게 물들이면서도 조심스럽게 내 물건을 핥고, 소리를 내가며 빨기 시작했다.

쌍둥이에게 동시에 봉사를 받는 것도 훌륭했지만, 이렇게 한 명이 정성껏 상대해 주는 것도 굉장히 기분 좋았다.

끝부분에 키스를 한 유즈키는 목구멍 깊숙이 페니스를 삼키고 앞뒤로 움직이기 시작했다.

입을 사용한 봉사는 쌍둥이가 메이드복을 입었던 날에 이미 한 번 경험해 봤다.

아니, 사실은 그날 이후로 매일같이 입으로 봉사 받고 있었다.

봉사가 처음이었던 첫날에는 쌍둥이의 실력도 서툴렀지만 지금은 그렇지 않다.

아침에는 식사 당번이 요리를 하는 동안 나머지 한 명이 봉사해 줬고, 하교한 뒤에는 쌍둥이가 나란히 봉사해 주었다.

밤에도 욕실에 들어가기 전과 자기 전에 한 번씩 봉사를 받았다.

이렇게 행복한 생활이 존재해도 되는 것일까?

"어, 어때? 나도 조금은 능숙해졌지?"

"그, 그래. 엄청 기분 좋아……."

"유, 유즈 언니. 그렇게 쉴 새 없이 핥아대면……. 혀, 혀 놀림이 너무 야해요……!"

"뭐 어때. 내가 능숙해지면 후우카도 같이 능숙해질 텐데."

"그건 그렇지만……."

후우카는 불안한 얼굴로 요리를 계속했다.

방금 유즈키의 말대로 두 사람은 이쪽 기술도 호각을 이루었다.

적극적인 유즈키와 소극적인 후우카. 방식이 다른데도 똑같이 기분 좋았다.

"마사키도 꽤 오래 참을 수 있게 됐네……. 나도 이렇게 시간을 들여서 핥는 데 재미가 들렸나 봐. 마사키를 기분 좋게 해줄 수 있어서 기뻐."

"오히려 너무 좋아서 문제지만……."

유즈키는 혀로 핥고, 끝부분에 키스를 하고, 목구멍까지 삼키는 등 온갖 테크닉을 구사해 나를 몰아붙였다.

쌍둥이의 기술은 나날이 성장하고 있었고, 덕분에 나도 견디는 데 꽤나 애를 먹었다.

"저기……?"

"응? 후우카? 요리는 어쩌고?"

어느새 후우카가 소파에 무릎을 꿇고 앉아있었다.

"아침은 다 차렸어요. 그러니 얼른 끝내주세요."

"그, 그래? 잠깐만 기다려 줘……."

나는 질척한 소리를 내면서 봉사하는 유즈키를 쳐다보았다.

유즈키는 봉사에 몰두하느라 여동생이 소파에 앉아있다는 사실을 눈치채지 못한 듯했다.

원래 아침에는 한쪽만 내 상대를 하기로 정해 놓았지만, 실제로는 둘이서 봉사를 해주는 경우가 많았다.

두 사람은 내게 야한 모습을 보여주고 싶어서, 내 페니스를 입에 물고 싶어서 안달인 모양이었다.

너무 행복해서 이래도 되는지 불안할 정도였다.

"이러면…… 마사키 씨도 조금 더 빨리 갈 수 있겠죠?"

후우카는 교복 상의를 들추고 브래지어를 밑으로 내려 커다란 가슴을 노출시켰다.

둘레가 90cm에 달하는 가슴은 약간의 움직임만으로도 출렁거리며 역동적으로 흔들렸다.

후우카의 귀여운 핑크색 유두가 앞치마 옆으로 살짝 튀어나와 있었다.

이런 모습 앞에서 흥분하지 않을 수가 있을까.

"후우카……."

"흐으응♡"

나는 곧바로 후우카의 유두를 입에 물고 빨기 시작했다.

이상할 정도로 달콤했고, 아무리 빨아도 질리지 않았다.

후우카의 유두는 금세 단단해졌다. 움찔거리는 것처럼 느껴지는 건 내 기분 탓일까.

"아앙……! 마사키의 여기도 엄청 단단해져 있어. 여동생의 가슴을 빨면서 언니의 입으로 봉사 받다니……. 정말로 복 터진 남자구나."

"조, 좀 더…… 강하게 빠셔도…… 아앙! 괜찮아요……♡"

"오늘은 아침부터 열성적이네, 두 사람 모두."

"특별한 날이라서 저도 모르게 흥분해 버렸어요…….”

“특별한 날? 뭐야, 무슨 날인데?”

“하으윽♡”

후우카는 내게 유두를 빨리며 절레절레 고개를 내저었다.

“아무것도 아니에요. 이러다가 아침밥이 식겠어요…… 어서 유
즈 언니의 입에다…….”

“맞아, 마사키. 동생의 가슴으로 흥분하면서…… 내 입안에 잔
뜩 싸줘……!”

“아, 알겠어……!”

고개를 끄덕인 나는 유즈키의 머리를 붙잡고 허리를 앞으로 바
짝 들이밀었다. 그리고 후우카의 잘록한 허리를 끌어안으며 유두
를 강하게 빨았다.

쌍둥이 자매의 가슴과 입을 동시에 맛보게 될 줄이야.

고작 열흘 만에 내 인생이 완전히 뒤바뀌어 버렸다. 이런 아침
을 맞이하는 것이 당연하게 느껴질 정도로. 이전에는 상상조차
해본 적 없는 일이었다.

나는 몸을 활처럼 젖힌 후우카의 유두를 빨면서 유즈키의 입속
에 끓어오르는 욕망을 분출했다.

수업을 앞둔 교실 안.

아침에 그런 일이 있었지만 내 학교 생활에는 큰 변화가 없었다.

적어도 교실에서만큼은 평소처럼 얌전히 지내고 있었다.

요즘에는 유즈키뿐만 아니라 타카야와도 대화를 나누곤 하지만,

웬만하면 내가 먼저 말을 걸지는 않았다.

시끌벅적 떠드는 유즈키 그룹에 내가 끼어들어 봤자 대화가 통할 리 없었다.

내 정서적인 안정을 위해서라도 가만히 놔두는 게 상책이었다.

유즈키도 억지로 나를 그룹에 참여시키려 하지 않았다. 나로서는 고마울 따름이다.

무섭게 생긴 나는 집단으로부터 고립되는 것에 익숙했다.

오히려 혼자서 시간을 보내는 것에 편안함을 느끼는 수준이었다.

스마트폰도 있으니 교실에서도 얼마든지 시간을 때울 수 있었다.

스마트폰이 없었던 시절의 왕따들은 어떻게 시간을 때웠을까.

자는 척을 했을까? 아니면 창밖을 멍하니 바라보고 있었을까?

그런 쓸데없는 생각을 하고 있을 때였다.

드르륵 교실 문이 열리며 담임 선생님이 안으로 들어왔다.

야마다 나기사. 교사 경력 3년에 나이는 25세. 담당 과목은 세계사.

뒤쪽으로 길게 묶은 검은색 머리카락에 남색의 정장, 착 달라붙는 짧은 치마까지. 전형적인 여교사였다.

"좋은 아침이에요, 여러분……."

졸린 목소리로 인사한 뒤 교탁에 서는 담임 선생님.

야마다 선생님은 젊은 데다 제법 미인이기도 해서 남학생들에게 인기가 많았다.

다만, 보다시피 멍한 구석이 있어서 남학생들은 쉽게 다가가질 못했다.

선생님은 손에 든 타블렛을 쳐다보며 느긋한 말투로 고지사항을 전달했다.

"……고지사항은 여기까지입니다. 아, 그리고 오늘은 전학생이 왔어요."

"네?!"

교실의 학생들이 일제히 술렁거렸다.

그런데 전학생이 왔으면 맨 처음에 알려줘야 하는 거 아닌가?

"아, 죄송해요. 이것부터 안내해 줬어야 했는데."

자각은 있나 보군.

하지만 6월이라는 이런 어중간한 시기에 전학생이라니, 별일이다.

"미안해, 오래 기다렸지? 안으로 들어오렴."

"네. 오래 기다렸네요."

"…………."

담임 선생님에게 말대꾸를 하면서 안으로 들어온 인물은……. 교실이 더욱 술렁거렸다.

"처음 뵙겠습니다. 슈우카 여고에서 전학 온 츠바사 후우카입니다."

전학생의 인사를 듣고 교실의 몇몇 학생이 놀라서 큰 소리를 냈다.

놀라는 것도 당연했다.

갑자기 나타난 전학생이 학교 피라미드의 정점에 있는 츠바사 유즈키와 똑같이 생겼으니까.

"저는 저쪽에 있는 츠바사 유즈키의 쌍둥이 여동생이에요. 앞으로 잘 부탁드립니다."

후우카는 슈우카의 교복 치마를 손끝으로 붙잡고 우아하게 인사했다.

작위적인 동작이었지만 생각보다 그럴듯했다.

"……아니, 잠깐! 이게 뭐야!"

"어? 왜, 왜 그래, 마사키?"

너무 놀라서 말문이 막혀 있었던 나는 정신을 차리자마자 자리에서 일어나 소리쳤다.

후우카를 쳐다보고 있던 학생들이 시선이 이번에는 내 쪽으로 몰렸다.

참고로 내게 질문한 사람은 타카야였다.

그리고 유즈키도 나를 보면서 히죽히죽 웃고 있었다.

그, 그랬군! 그랬던 거였어!

이 쌍둥이가 나를 놀라게 만들려고 일부러 숨기고 있었구나……!

이렇게 중대한 사실을 숨긴 채로 내 물건을 입에 물고 그 커다란 가슴을 들이댔던 것이렷다!

뭐, 사실 딱히 상관관계는 없지만……. 어쨌든 한마디 해줘야 직성이 풀릴 것 같았다.

"…………."

나는 유즈키와 같은 반 학생들을 스윽 노려보았다.

그러자 유즈키를 제외한 학생들은 흠칫하며 내게서 고개를 돌렸다.

이 무서운 얼굴도 가끔은 도움이 되는군.

나는 자리에 털썩 주저앉았다.

"계속해도 될까요? 딱히 더 소개할 내용은 없지만…… 아, 그렇지."

후우카는 뭔가 생각났다는 듯이 짝, 하고 박수를 쳤다.

"참고로 남자친구는 이미 있어요. 고백, 헌팅, 성희롱은 일절 사양하겠습니다."

이번에는 남학생들 위주로 술렁거림이 일었다.

모처럼 미소녀가 전학을 왔는데 시작부터 꿈과 희망이 박살 나버렸으니 술렁일 만도 했다.

그리고 남자친구가 없어도 성희롱은 사양하란 말이다.

그러고 보니, 유즈키가 나중에 뒤탈이 생길지도 모른다는 묘한 말을 한 적이 있었다.

유즈키는 조만간 후우카가 이곳으로 전학을 오리라는 사실을 알고 있었던 것이다.

만약 유즈키와 내가 사귄다고 공표한 상태에서 나중에 전학 온 후우카와 사귄다는 사실까지 들킨다면…….

주변에서 우리를 어떤 눈으로 바라볼지 걱정이 될 수밖에 없었다.

"유, 유즈키의 여동생이라. 귀엽기는 한데 말하는 게 대담하네."

"생긴 건 유즈키보다 얌전해 보이는데……."

"물론 저렇게 예쁘면 남자친구 정도는 있겠지. 그래도 전학 오자마자 할 말은 아니지 않나?"

방금 전의 한마디로 '이상한 여자애다'라는 인식이 생겼는지 후우카를 쳐다보는 학생들의 눈빛이 달라져 있었다.

하지만 남학생들 대부분은 꿈이 박살 났음에도 여전히 흥분을 감추지 못하고 있었고, 여자들도 적잖은 흥미를 보이고 있었다.

유즈키의 여동생이라는 것만으로도 임팩트는 충분했다. 심지어 미소녀. 게다가 별난 성격까지.

한동안은 후우카가 교내의 화젯거리를 독점할 듯 보였다.

예상대로 쉬는 시간이 찾아올 때마다 후우카 주변에는 학생들이 몰려들었다.

후우카의 성격이 얌전해서 걱정했지만 사회성에는 문제가 없는지 학생들과 자연스럽게 대화를 주고받았다.

의외로 언니인 유즈키는 후우카와 직접 이야기를 나누지 않았다. 일부러 거리를 두려는 것 같았다.

일단은 같은 반의 학생들과 대화를 나누게 하려는 방침인 듯했다.

그리하여 오전 수업이 끝나고 점심시간이 되었다.

"하아……."

후우카의 상태를 관찰하는 것만으로도 지치고 말았다.

매일 키스를 하던 여자애가, 게다가 오늘 아침에는 가슴까지 빨게 해줬던 여자애가 교실에서 주목을 받으니 기분이 영 편치 않았다.

평소처럼 매점에서 구입한 빵으로 점심을 때울까, 아니면 학교 식당에서 밥을 먹을까 고민하며 교실을 나선 그때였다.

"아, 마사키. 잠깐 괜찮을까?"

"예? 무슨 일이죠, 야마다 선생님?"

복도에 서 있던 야마다 선생님이 손짓으로 나를 불렀다.

직전의 수업이 야마다 선생님의 세계사였는데, 아직 교무실로 돌아가지 않았던 모양이다.

"츠바사 양의 여동생 말인데, 마사키랑 아는 사이지?"

"네? 아, 맞아요. 후우카한테 들은 건가요?"

"응."

교사가 응이라니. 여고생이 쓸 법한 말투였다.

"츠바사 양…… 그러니까 여동생 쪽 츠바사 양이 점심시간에 교내를 안내해 달라고 그러더라. 미안한데 마사키가 안내해 주면 안 될까?"

"제가요? 후우카에겐 언니가 있잖아요."

"나도 그렇게 생각했는데, 마사키가 안내해 주기를 바라나 봐."

"그런가요……."

후우카는 학교에 여러 번 무단침입해 봐서 안내 같은 건 필요 없어요, 라고 말하고 싶었다.

"그러면 잘 부탁할게. 앗, 미나기!"

"하다못해 미나기 선생님이라 불러!"

야마다 선생님이 복도를 지나가던 또 한 명의 교사, 야마다 선생님에게 활짝 웃으며 다가갔다.

이렇게 설명하면 헷갈릴 수밖에 없지만 어쩔 수가 없었다.

우리 학교에는 '야마다 선생님'이 두 명 있었다.

"이봐, 마사키."

"네."

또 한 명의 야마다 선생님이 나를 매섭게 쳐다보았다.

야마다라는 성은 같아도 여고생스러운 야마다 선생님과 달리 말투가 살벌했다.

"혹시 네 담임이 민폐를 끼치진 않았어? 아침에는 전학생을 방치해 두고 아침 조회를 했다고 하던데."

"아뇨, 괜찮습니다. 그 전학생에게 학교를 안내해 달라고 부탁받았어요."

"안내라. 그렇군."

야마다 나기사 선생님은 알았다는 듯이 고개를 끄덕였다.

샤기가 가미된 갈색의 세미 롱헤어.

붉은색의 얇은 겉옷을 입고 있었는데, 소매를 팔꿈치까지 걷어 붙였고 안에는 검은색 탱크톱을 착용하고 있었다.

그리고 하의는 데님 핫팬츠.

굉장히 펑크한 차림새였지만 이래 봬도 엄연한 교사였다.

나이는 우리 담임인 야마다 나기사 선생님과 똑같은 25세.

가슴의 볼륨은 부족하지만 날씬하고 키가 큰 모델 스타일이었다.

담당 과목은 체육.

남학생들과는 접점이 적지만, 학교에 몇 없는 나를 무서워하지 않는 교사였다.

좀 더 정확히 말하면 무서운 게 없다는 인상이랄까.

교장이나 교감과도 스스럼없이 대화하는 모습을 본 적이 있었다. 마치 동료 교사들을 대하듯이.

"너무해, 미나기. 나는 학생에게 민폐를 끼친 적 없거든?"

"오늘 벌써 전학생한테 민폐를 끼쳤잖아. 심지어 츠바사 유즈키의 여동생이라며. 자칫하면 학급의 밸런스가 무너질 수도 있어."

"밸런스 같은 걸 신경 써 본 적은 없는걸."

"저기, 학생 앞에서 이런 대화를 나누셔도 되는 건가요?"

"마사키는 학생들 간의 역학 관계에 관심이 없잖아."

"마사키는 학급의 독립 세력이니까."

"…………왕따라는 소리를 돌려 말씀하신 거 아닌가요?"

""칭찬한 거야.""

야마다 선생님들이 입을 모아 말했다. 매우 진지한 얼굴로.

두 사람은 겉모습도, 성격도 다르지만 가끔씩 이렇게 호흡이 맞을 때가 있어서 야마다 시스터즈라고 불리고 있었다.

우연히 성씨와 나이가 같았을 뿐이지만 충분히 납득이 되는 별명이었다.

"마사키는 어느 그룹에도 속하지 않지만 혼자서도 커다란 영향력을 가지고 있지. 모든 교사가 네 행동에 주의를 기울이고 있어."

"……경계하고 있다는 뜻인가요? 딱히 문제를 일으킨 적은 없는데."

"설마. 네가 폭력적인 인간이 아니라는 것쯤은 우리도 알아. 다만 네 존재감은 츠바사 유즈키한테도 필적할 정도야."

"존재감이라니…… 좋아해야 할 일인지 헷갈리네요……."

워낙 갑작스러운 이야기라 머리가 따라가질 못했다.

내가 무섭게 생겼다는 자각은 있었지만 유즈키에게 필적하는 존재라고는 생각해 본 적도 없었다.

뭐, 그런다고 유즈키와 어울리는 사람이 되는 건 아니지만…….

"저기…… 마사키 씨."

"응? 어, 어어. 츠바사."

"갑자기 왜 성으로 부르시는 건가요? 편하게 불러주세요, 마사키 씨."

복도에 나타난 후우카가 활짝 웃으며 내 손을 붙잡았다.

"야마다 선생님께 이야기는 들으셨죠?"

"그래. 지금 전해 들은 참이었어."

"그러면 안내를 부탁드릴게요. 저, 이 학교에 대해서 아무것도 모르거든요."

"아, 알았어. 그러면 이만 가보겠습니다."

"응. 잘 부탁할게."

"부탁한다, 마사키."

"네."

야마다 시스터즈에게 머리를 숙인 뒤, 나는 후우카의 손에 이끌려 복도를 뒤로했다.

야마다 나기사 선생님과 미나기 선생님은 "저 두 사람, 괜찮을까?"라는 표정을 짓고 있었다.

하지만 불안하기는 나도 마찬가지였다.

왜 갑자기 전학을 온 것일까, 이 녀석은.

마침 둘만 있게 됐으니 이유를 물어봐야겠다.

"후우, 잘 먹었습니다."

"잘 먹었습니다."

일단은 점심시간이었기에 우리는 매점에서 빵과 음료를 구입해 옥상으로 이동했다.

옥상에서 빵과 주스로 식사를 마친 뒤, 후우카가 말했다.

"이 학교는 옥상을 개방하고 있었군요. 흔치 않은데."

"사람은 별로 없지만 말야."

옥상에는 인공 잔디가 깔려 있었고, 벤치도 여럿 설치되어 있었다.

깔끔하게 관리되고 있는 장소지만 나와 후우카를 제외하면 사람은 몇 명 없었다.

"날이 더워져서 그래. 에어컨이 돌아가는 교실이나 식당이 훨씬 쾌적하니까."

실제로 옥상이 붐비는 시기는 봄과 가을이었다.

추운 겨울에는 방문객이 제로에 가까웠고, 초여름인 지금도 내리쬐는 햇빛 때문에 일부 별종들을 제외하면 옥상에 발을 들이는 사람은 없었다.

"이제부터 어떡하게? 안내해 주고 싶어도 이렇다 할 특징이 없는 학교야. 특수한 시설이 있는 것도 아니고."

"그건 알고 있어요."

"그렇겠지."

몇 번이나 무단 침입에 성공한 경력이 있으니 이제 와서 안내받을 필요는 없을 것이다.

어쩌면 입학한 지 몇 개월밖에 안 된 1학년보다 학교에 대해서 잘 알고 있을지도 몰랐다.

"대신, 이제 마사키 씨와 교실에서 대화를 나눠도 수상하게 볼 사람은 없을 거예요. 학교를 구석구석 안내받은 사이니까요."

"설득력이 있을지 모르겠네."

"제 몸도 구석구석 감상하셨고 말이죠."

"구, 구석구석 감상하지는······! 아, 않았잖아!"

"······취소할게요. 농담을 했다가 오히려 제가 부끄러워졌어요."

"무리도 아니지."

후우카의 얼굴이 빨갛게 물들어 있었다.

"어, 어쨌든, 마사키 씨와 자연스럽게 대화할 수 있게 돼서 다행이에요."

"전학오자마자 나를 안내역으로 고른 것부터가 부자연스럽기 짝이 없다고 보는데. 야마다 선생님도 의아해하셨어."

"새로운 학교에 불안을 느끼는 전학생이 듬직한 남학생을 골랐다는 설정이에요."

"나는 듬직하기보다는 오히려 위험한 녀석으로 여겨지고 있을

걸……."

아직 학생들은 내가 후우카에게 학교를 안내해 주고 있다는 사실을 모르고 있었지만, 만약 알려진다면 '마사키가 후우카의 약점을 쥐고 있는 게 아닐까'라고 걱정할지도 몰랐다.

"지나친 생각이에요, 마사키 씨. 그나저나 학교란 게 다 거기서 거기라 굳이 안내가 필요하지는 않은 것 같네요. 슈우카에도 특수한 시설은 없었거든요."

"명문 여학교라는 사실만으로도 남학생들이 가슴을 두근거리기에는 충분해."

"그건 저도 동의해요. 그래서 슈우카의 교복을 입고 통학하기로 했어요."

"잠깐. 우리 학교의 교복을 살 생각이 없는 거야?"

"부모님이 학교 측에 잘 말씀해 주셨거든요. 한동안은 예전 학교의 교복으로 등교해도 된다고 허락받았어요."

후우카는 빙그레 웃으며 대답했다.

"후우카 너…… 갑자기 전학을 온 걸로도 모자라서 그래도 되는 거냐."

"그래도 될 만한 재력이 있거든요. 츠바사 가문에는."

"왜 그렇게 무리하면서까지 우리 학교로 전학을……. 컨닝 의혹은 어쩌고?"

"애초에 잘못한 것도 없는걸요. 게다가 지금의 저희한테는 사소한 일에 불과해요."

후우카는 다시 한번 빙그레 웃으며 대답했다.

바로 그때, 점심시간 종료를 알리는 예비 종이 울렸다.

이런, 너무 여유를 부렸나.

결국 후우카가 이곳으로 전학을 온 이유는…… 나 때문일까.

나랑 같은 학교에 다니기 위해서 전학까지 오다니, 내 상식이 따라가질 못하고 있다.

"하고 싶은 말은 많지만…… 어쩔 수 없지. 교실로 돌아가자."

어느새 옥상에 남아있는 것은 우리 둘뿐이었다.

종이 울렸으니 얼른 돌아가야 했다.

"마사키 씨."

"응? 으읍……!"

"쪽……."

후우카가 까치발을 들고 내게 키스해 왔다.

"후, 후우카. 아무도 없어도 그렇지, 누가 돌아오면 어떡해."

"괜찮아요. 그래도 혹시 모르니…… 안 보이는 곳으로 가죠."

"어딜 가자는……."

후우카는 내 손을 억지로 잡아끌고 옥상의 사각지대로 데리고 갔다.

"제가 왜 전학을 왔다고 생각하시나요? 몰래 잠입해서 마사키 씨와 애정을 나누는 데도 한계가 있어서예요. 앞으로는 합법적으로 애정을 나누고 싶어요."

"합법이라니……. 수업을 땡땡이치면서 할 소리는 아니잖아."

"불안해하는 전학생을 상담해 주느라 수업에 지각했다는 설정이에요."

"······나한테 상담을 받으려는 사람은 없을 것 같은데."

나는 반론을 제기하면서도 후우카의 허리를 끌어안고 입술을 포갰다.

이렇게 후우카나 유즈키가 들이대면 거스를 수가 없었다.

"쪽♡ 으음, 쪽, 하음······. 역시 학교에서 하는 키스는 평소랑 다르네요♡"

"그건 그래······."

스릴이 느껴진다는 것도, 그래서 즐겁다는 것도 인정할 수밖에 없었다.

하지만 우리의 행동은 키스에서 끝나지 않았다.

"조금만 더 진도를 나가 볼까요······."

"자, 잠깐······ 거기까지 할 필요는······ 으······!"

후우카는 자리에 무릎을 꿇더니 내 바지에서 페니스를 꺼내 입에 덥석 물었다.

소리를 내면서 페니스를 빨다가, 혀로 기둥을 애무하고, 다시 입에 물었다.

혀로 끝부분을 핥고, 다시 입에 물고, 머리를 앞뒤로 움직이고.

고작 며칠 만에 후우카의 기술은 놀라울 정도로 숙달되어 있었다.

처음에는 그렇게나 서툴렀던 주제에 지금은 어디를 자극하면 내가 반응하는지 훤히 꿰고 있었다. 혀와 입술의 사용법도 완전히 숙지하고 있었다.

"후후······. 저, 마사키 씨의 여기가 좋아져 버렸거든요······. 학교가 다르면 이렇게 해드리기 어렵잖아요…….”

“지, 집에 돌아가면 얼마든지…….”

“안 돼요……. 음, 하읍…… 으읍…… 방과 후까지 기다릴 수 없어요.”

“후우카…….”

후우카는 내 페니스에 완전히 몰두해 있었다.

나는 후우카의 머리에 손을 얹은 채로 지그시 눈을 감고 쾌감에 몸을 맡겼다.

“으음, 흐읍…… 음, 으읍…… 하읍, 읍…… 추븝, 으읍……!”

“하음, 음, 쪽, 으음…… 하읍…… 음, 추릅, 쪽…….”

한 명이 끝부분을 빨고, 다른 한 명이 입술로 뿌리를 살짝 깨물었다. 두 개의 혀가 양쪽에서 내 페니스를 핥고 있었다.

“……잠깐, 두 개라고?!”

“하읍……. 어쩐지 돌아오는 게 늦는다 싶더라니. 치사해, 후우카.”

“언니가 올 줄 알았거든요……. 가벼운 선제공격이었을 뿐이에요…… 추릅, 쪽, 으음…….”

“유, 유즈키 너……. 어느 틈에…….”

“그건 내가 할 말이야. 하읍, 쪽……. 나를 교실에 놔두고 둘이서만 즐기다니. 용서할 수 없겠는걸…….”

“큰일 났네요, 마사키 씨. 추릅, 하음…… 유즈 언니는 쉽게 봐주지 않을 거예요…….”

“잠깐, 왜 후우카까지 언니를 편드는 거야…… 으윽.”

후우카의 공세만으로도 벅찬데 쌍둥이의 합공이라니……. 견딜 수 있을 리가 없었다.

유즈키는 히죽거리며 내 페니스를 물었고, 후우카는 쑥스럽게 웃으며 혀로 기둥을 왕복했다.

"쪽♡"

두 사람이 페니스의 끝부분에 키스를 했다.

그러자 쌍둥이의 입술이 자연스럽게 포개졌다.

"음, 추릅, 춥……. 후우카랑 키스하면서 마사키한테 봉사하고 있어……♡"

"유즈 언니랑 키스를 하다니…… 하읍, 기분이 이상해요……. 하지만 엄청 단단해진 마사키 씨의 이곳을 보니…… 더 핥아주고 싶어요♡"

"얘, 얘들아…… 진정해……!"

쌍둥이는 키스를 하면서 내 페니스를 핥고, 빨고, 열심히 애무했다.

"더, 더는 무리야……!"

"괘, 괜찮아. 싸도 돼……!"

"하읍, 쪽…… 싸주세요. 저희들의 입에……!"

결국 나는 견디지 못하고 끓어오르는 욕망을 분출했다.

"꺄악♡ 마사키, 얼굴에 뿌리면 어떡해♡"

"꺄아……♡ 자, 잔뜩…… 싸셨네요……♡"

두 사람의 얼굴을 더럽힌 나는 오히려 흥분이 강해지는 것을 느꼈다.

유즈키와 후우카의 입에서 도저히 벗어날 수가 없었다.

아무래도 오후 첫 수업은 완전히 물 건너간 듯하다.

좋아하는 아이에게 고백했더니

쌍둥이 여동생이 덤으로

딸려 왔다

SUKI NA KO NI KOKUTTARA
FUTAGO NO IMOUTO GA
OMAKE DE TSUITEKITA

8.5 쌍둥이는 다시 독백을 하는 모양입니다

"후우……. 굉장했어. 마사키 녀석……."

"네……. 전학 오길 잘했어요……."

쌍둥이는 옥상 구석에 몸을 맞대고 앉아있었다.

둘은 서로의 손을 붙잡고 있었고, 얼굴은 부딪힐 정도로 가까
웠다.

"하, 하지만…… 마사키 녀석, 너무 무리한 거 아냐? 세 번이
나……."

"전혀 수그러들 기미가 없었는걸요. 만족할 때까지 해드려야죠."

"그, 그건 그렇지만."

"오히려 유즈 언니야말로 의욕적이었잖아요. 저를 거의 밀어낼
기세로 물고, 빨고……."

"대, 대놓고 말하지 마! 학교 옥상이라서…… 조금 흥분했달까."

"오늘은 제 전학이라는 빅 이벤트였는데. 유즈 언니한테 메인
디쉬를 빼앗긴 기분이네요."

"뭐…… 너무 삐지진 마. 오늘부터 마사키를 위해서 함께 분발
할 거잖아."

"그렇네요. 오늘의 난입은 용서하도록 할게요."

"내가 왜 용서를 받아야 하는 거람……."

두 사람은 후우, 하고 동시에 한숨을 내쉬었다.

"그나저나…… 마사키 씨, 괜찮을까요?"

"글쎄……. 겉모습은 멀쩡해 보이던데."

마사키는 혼자서 먼저 교실로 돌아갔다.

마사키의 성격이라면 딱히 변명하지 않고 교실로 들어갈 것이다. 그리고 아무도 마사키에게 어떻게 됐는지 물어보려 하지 않을 것이다.

그래도 사전에 말은 맞춰두었다. 마사키가 후우카에게 학교를 안내하던 도중 유즈키를 만났고, 유즈키에게 대신 안내를 맡겼더니 쌍둥이가 어딘가로 가버리는 바람에 마사키 혼자 돌아왔다는 설정이었다.

타카야 리나를 비롯한 몇몇 친구들이 꼬치꼬치 캐물을 가능성도 있기 때문이었다.

"리나는 살짝 화난 것 같더라. 본인한테 쌍둥이 여동생이 있다는 사실을 숨겼다면서."

"리나 씨가 물어본 적이 있었나요? 없으면 숨긴 건 아니지 않나요?"

"형제자매가 있냐고 물어봤을 때 얼버무린 적이 있어."

"그러면 화낼 만도 하네요. 리나 씨는 유즈 언니의 절친이잖아요."

"내 말이……. 마사키를 위해서라지만 네가 전학을 오는 바람에 신경 쓸 일이 많아졌어."

"저도 편입 시험을 보고, 슈우카의 친구들한테 설명하느라 고생했다구요."

"……그렇네. 너나 나나 고생이 많구나."

"마사키 씨에 비하면 아무것도 아니지만요."

두 사람은 서로를 바라보며 쓴웃음을 지었다.

"집에서도, 학교에서도 계속 저희와 마주쳐야 하니까요."

"우리 부모님도 쌍둥이인 우리를 계속 상대하면 머리가 어질어질하다고 했는데 말이지. 하지만 마사키는 태연하게 행동하고 있어. 솔직히 놀랐어. 우리한테 매일 시달리는데 아무런 내색도 안 하잖아."

"오히려 저희가 구석구석 공략을 당했죠."

"흐음, 우리가 마사키를 고른 건 정답이라고 생각해. 하지만 그걸 감안하더라도 특이한 녀석이야."

"운명의 쌍둥이를 상대하기 위한 특수 능력이라도 보유하고 있는 걸까요……?"

"에이, 만화도 아니고. 특수 능력은 무슨…….."

"저희 같은 쌍둥이도 있으니 그런 특이한 능력이 존재할 가능성도 부정할 수는 없어요."

"……하긴."

유즈키는 고개를 끄덕이고는 힘차게 몸을 일으켰다.

"그래도 후우카가 전학을 온 덕분에 제대로 무대가 갖춰진 느낌이야. 이제 본격적으로 마사키에게 들이대 보자고."

"그러죠."

후우카도 언니를 따라 자리에서 일어났다.

"슬슬 저희 집에서도 행동에 나설 테니까요."

"……온다면 아마도 그 녀석들일 거야."

"그렇네요. 하지만……."

"맞아. 그래도……."

두 사람은 얼굴을 맞대고 양손을 붙잡았다.

입술이 닿을 정도로 아슬아슬한 거리였다.

"우리에게 주어진 마지막 시간을 즐겨야겠지."

"우리에게 주어진 마지막 시간을 즐겨야겠죠."

9. 쌍둥이는 진정한 쌍둥이 메이드의 방문을 아직 모르는 모양입니다

"피, 피곤하다⋯⋯."

나는 거실 소파에 털썩 주저앉았다.

오늘은 힘든 하루였다. 수업에 늦은 데다가 전학생과 그 언니까지 땡땡이를 쳐버리는 바람에 나는 주변으로부터 의구심 섞인 시선을 받아야 했다.

그리고 예상했던 대로 타카야에게도 질문 세례를 받았다.

타카야는 유즈키에게 쌍둥이 여동생이 있다는 것을 정말로 모르고 있었다.

그래서 절친인 유즈키가 아무것도 가르쳐주지 않았다는 사실에 큰 충격을 받은 모양이었다.

친구끼리 싸울 만큼 심각한 일은 아니지겠만⋯⋯ 유즈키가 타카야와 화해하기 위해 고생할지도 모르겠다는 생각이 들었다.

물론, 나는 여자들 싸움에 끼어들 정도로 멍청한 녀석이 아니다. 목숨은 소중히 여겨야 하는 법이다.

한편, 다른 학생들은 내게 아무것도 묻지 않았다.

대신에 후우카는 많은 질문을 받았다. 마사키 나카바에게 무슨 짓을 당한 건 아니냐고 걱정하는 녀석들도 많았다.

문제는 후우카가 천연이라는 점이었다.

태연하게 폭탄 발언을 터트릴 우려가 있었다.

나는 조마조마한 마음으로 귀를 기울였지만, 다행히 오늘은 후우카도 자제하는 눈치였다.

아직까지는 나도, 쌍둥이도 이 기묘한 관계를 밝힐 생각이 없었다.

그런 것치고는 쌍둥이들의 행동이 너무 과격하다는 생각도 들지만.

"이 집에서 혼자라니. 이런 적이 있었던가……."

오늘 쌍둥이는 친구들과 함께 놀다 올 예정이었다.

후우카의 환영회를 겸한 모임일 것이다.

유즈키와 타카야가 내게 같이 가자고 권유했지만 나는 사양했다.

쌍둥이와 타카야가 예외일 뿐, 다른 학생들은 나를 무서워했다.

그리고 나도 우르르 몰려다니는 건 썩 좋아하지 않았다.

쌍둥이와 타카야도 내 마음을 알아챘는지 강요는 하지 않았다.

환영회에서 후우카가 반 친구들과 친해지고, 유즈키도 타카야와 화해할 수 있다면 다행일 텐데.

내가 없는 자리에서 모든 문제가 해결되길 바라는 건 너무 뻔뻔한 태도일지도 모르지만.

그건 그렇고, 새삼 놀라웠다. 후우카가 우리 학교로 전학을 오다니.

우리 학교의 편차치는 결코 낮지 않다. 편입하기가 쉽지는 않았을 것이다.

아니면 츠바사 가문에서 권력으로 밀어붙인 것일까?

생각해 보면, 나는 아직 츠바사 가문에 대해서 아는 게 별로 없었다.

부자인 건 확실해 보이지만 실제로 어떤 정도인지 감이 잡히지 않았다.

메이드를 고용할 정도라면 평범한 부자는 아닐 것이다.

""어서 오십시오.""

"뭐야, 또 메이드인가……. 잠깐, 너희는 누구야?!"

나는 황급히 자리에서 일어나 소파 뒤쪽으로 돌아갔다.

어디서 불쑥 솟아나기라도 한 것처럼 메이드복을 입은 두 명의 여성이 거실에 나타났다.

자세히 확인해 볼 것도 없었다. 유즈키와 후우카는 아니었다.

마침 메이드에 대해서 생각하던 중이었기 때문에 괜히 더 놀라고 말았다.

"짝짝짝. 좋은 움직임이군요. 수상한 자가 나타나면 먼저 신변의 안전을 확보할 것. 정답이에요."

"대부분의 인간은 당황해서 움직이지도 못하는데 말이죠. 함부로 반격하는 것도 리스크가 큰 행위고요. 소파를 방패로 삼은 것은 좋은 판단이에요."

"너, 너희는 누구지……?!"

발소리도 들리지 않았고, 거실의 문도 닫혀있었다.

도대체 어디로 들어온 거지?

"놀라실 거 없습니다. 사용인이란 무대 뒤에서 살아가는 존재. 기척을 지우는 것은 기본적인 기술이죠."

"옛 메이드들은 주인님과 그 가족분들께 자신의 모습조차 보이지 않았다고 들었습니다."

"……나는 너희들의 주인님이 아니고, 너희들도 내 사용인이 아니야."

메이드복을 입은 두 여성은 헤어 스타일부터 복장까지 완전히 동일했다.

은발에 가까운 세미 롱 헤어. 검은색 원피스에 하얀 에이프런.

치마는 발목까지 내려올 만큼 길었다.

머리에는 하얀 카츄샤를 쓰고 있었다.

영국의 귀족 저택에서나 볼 법한 정통파 메이드복이었다.

알고 지내는 영국 귀족이 없어서 정확하지는 않지만.

두 사람 모두 어른스러운 분위기를 풍겼는데, 아마도 나보다 한두 살 정도 연상일 것이다.

하지만 아직 소녀라고 불러도 좋을 나이대였다.

무표정하고 인상도 차갑지만 두 사람 모두 틀림없는 미인이었다.

"뭐, 대충 예상은 가……. 오히려 모르는 게 더 이상하겠지."

""네. 저희들의 주인님은 츠바사 유즈키 님과 후우카 님입니다.""

"……얘네도 동시에 말하네. 그러니까 유즈키와 후우카의 사용인…… 아니, 메이드인 거지?"

"나카미 아사."

"나카미 유우."

이름을 댄 두 사람은 치마를 손가락으로 집어 올리며 우아하게 인사를 했다.

무늬만 메이드였던 츠바사 자매와는 몸짓부터가 달랐다.

초보자인 나도 두 사람이 전문적인 훈련을 받았음을 알 수 있었다.

진짜배기 메이드들이 어떤 훈련을 받는지는 쥐뿔도 모르지만.

"말씀하신 대로 저희는 츠바사 가문을 섬기는 메이드입니다."

"철이 들 무렵부터 츠바사 가문에서 메이드로 활동하고 있습니다."

"……그나저나 메이드가 실재하는 직업이었다니. 메이드라고 해봤자 메이드 찻집에나 있는 건 줄 알았는데."

"실제로 메이드가 맞으니 뭐라고 드릴 말씀이 없군요."

"츠바사 가문은 예로부터 영국과 인연이 깊었습니다. 그래서 본가 저택도 영국풍이죠."

"현대에도 메이드를 고용하는 나라는 드물지 않습니다."

"가정부나 하우스 키퍼와 크게 다르지 않습니다. 저희는 전화 한 통으로 고용할 수 있는 사용인과는 레벨이 아니지만요."

"가정부랑 다르다는 건 겉모습을 봐도 알겠어."

코스프레가 의심될 정도로 고풍스러운 메이드복이었다.

하지만 츠바사 가문쯤 되면 사용인을 두어도 이상하지 않을 것이다. 게다가 나는 상류 문화에 대해서 아무것도 몰랐다.

그러고 보니, 츠바사 자매가 가문의 메이드에 대해서 뭐라고 말했던 기억이 난다.

"츠바사 가문의 메이드는 셔츠에 바지 차림이라고 들었던 것 같은데."

"그건 저희를 제외한 메이드들에게만 해당되는 사항입니다. 저희는 그분들과 다릅니다."

"효율성을 이유로 그릇된 메이드복을 입는 것은 저희들의 긍지가 허락하지 않습니다."

"……그렇게 된 건가."

쌍둥이는 클래식한 복장을 고수하는 메이드도 있다고 말했었다. 특이한 분들이라는 말도 했었다.

확실히 심상치 않은 분위기를 풍기는 메이드들인 건 분명했다.

"알겠어. 백 보 양보해서 너희가 진짜 메이드라는 건 인정할게."

"저희의 존재의의를 인정하는데."

"백 보나 필요한 건가요."

"미안. 나는 서민이라서 메이드랑은 연이 없거든. 그리고…… 왜 하필 쌍둥이인 거야?"

"이제는 저희의 존재마저 의심하시는군요."

"굳이 이유를 말씀드리자면 수정란이 두 개로 나뉘어서 착상했기 때문이에요."

"착상이라는 말 쓰지 마."

이 메이드들은 나를 바보 취급하고 있는 것일까?

"츠바사 가문의 관계자는 수천…… 아니, 수만 명에 달합니다. 관계자 중에서도 지위가 있는 가정의 자제이고, 쌍둥이이며, 아가씨들과 비슷한 나이였기에 저희가 선택된 것이죠."

"츠바사 가문은 자제에게 비슷한 또래의 인간을 측근 겸 보좌 역으로 붙여주고 있습니다. 유즈키 아가씨와 후우카 아가씨는 쌍둥이시니 측근 겸 보좌역도 쌍둥이로 정한 것이죠."

"저희는 어렸을 때부터 아가씨들을 보좌해 왔습니다."

"나이는 저희가 한 살 위지만 길러준 부모나 다름없습니다."

"……딱히 측근까지 쌍둥이로 둘 필요는 없지 않나. 츠바사 가문은 특이한 구석이 있네."

"죄송하지만 츠바사 가문은 단지 돈이 많은 일족일 뿐입니다. 특수한 힘을 이어받는 수수께끼의 혈족이 아니에요."

"특이한 건 아가씨들뿐입니다."

"……그렇군."

유즈키와 후우카의 비밀을 아는 내게는 굉장히 설득력이 있는 말이었다.

하지만 츠바사 자매와는 별개로 이 쌍둥이도 특이한 건 마찬가지였다.

"어쨌든…… 나가미라고 했던가?"

"아사, 유우라고 불러주세요."

"그렇지 않으면 저희가 아가씨들께 혼날 겁니다."

"알겠어. 아사랑 유우……. 이 집에는 왜 온 거야?"

""물론, 아가씨들께서 선택한 분을 직접 확인하기 위함입니다.""

"……흥."

나는 소파에 몸을 기대고 두 사람을 바라보았다.

"확인하고 싶으면 얼마든지 해. 마음이 불편해서 그런데, 일단

앉는 게 어때?"

"아니요. 사용인이 자리에 앉을 수는 없습니다."

"당신도 가게에서 일할 때 의자에 앉아서 손님을 맞이하진 않잖아요?"

"당연하지. 그런 짓을 했다가는 아버지한테 얻어맞을걸."

보아하니 내 가정환경도 완벽히 숙지하고 있는 모양이다.

점원이 신문을 펼치고 앉아 손님을 맞이하는 건 옛날이야기다.

진룡에서는 손님이 자리에 없더라도 영업 중에는 항상 일어나 있었다.

"뭐, 나도 이곳의 손님이야. 너희랑 비슷한 입장이지. 너무 예의를 차리면 곤란해."

"아뇨. 당신은 저희들을 거느리게 될 가능성이 높습니다."

"나중에 태도를 바꾸면 어색해질 수 있으니 지금부터 정중하게 대하려고요."

"……너희가 그러길 원한다면야."

두 명의 메이드를 쳐다보고 있자니 왠지 마음이 불편했다.

며칠간의 경험으로 미소녀에 내성이 생긴 나지만, 이 메이드들은 츠바사 자매와는 또 달랐다.

어딘가 인형 같다고나 할까. 속내를 파악할 수가 없었다.

"나를 확인한다고 했는데, 츠바사 자매가 돌아오면 하는 게 낫지 않겠어?"

"없는 게 낫습니다."

"저희가 확인하고 싶은 건 평상시의 모습이거든요."

"아가씨들이 계시면 확인하는 데 방해됩니다."

"두 분은 워낙 시끄러우셔서요. 도대체 누가 키웠길래 그렇게 자라신 걸까요."

"너희가 길러준 부모나 다름없다며?!"

태클 걸 구석이 많은 메이드들이었다.

"뭐, 누가 키웠더라도 아가씨들은 저렇게 자라셨을 거예요. 개성이 강한 분들이니까요."

"두 분은 저렇게 자랄 운명이었어요. 저희의 책임이 아니에요."

"츠바사 가문은 사용인의 선별 기준을 검토해 보는 게 좋겠어."

이 쌍둥이 메이드한테서는 주인님에 대한 충성심을 찾아볼 수가 없었다.

영국풍인 것은 겉모습뿐, 해외 드라마에서 등장하는 메이드와는 달라도 너무 달랐다.

아니면 원래 메이드란 이런 직업인 걸까. 충성심을 기대하는 게 잘못된 걸지도 모른다.

"저희의 충성심을 의심하고 있는 얼굴이에요, 유우."

"그렇네요. 지금껏 여러 번 봐왔던 얼굴이에요, 아사."

"아니, 너희가 가문에 충성을 맹세했든, 안 했든 나랑은 관계없어. 유즈키나 후우카한테 해를 가할 사람 같지도 않고."

"저희가 걱정하는 것도 바로 그 점입니다."

"그걸 확인하려고 당신을 만나러 온 거예요."

"……? 걱정? 그거?"

내가 방금 뭐라고 했길래?

"당신이 유즈키 아가씨와 후우카 아가씨에게 해를 가할 사람인지, 아닌지."

"알고 계시겠죠. 아가씨들은 듀얼 트윈즈. 서로가 두 사람분의 감정을 공유하죠."

"아, 알고 있어."

갑자기 진지한 얼굴로 물어보는 두 사람. 나는 엉겁결에 고개를 끄덕였다.

당연하다고 해야 할까. 이 쌍둥이 메이드는 유즈키와 후우카의 비밀을 알고 있었다.

"아가씨들의 애정을 받는 사람은 예외 없이 정신에 커다란 피해를 입습니다."

"하지만 아가씨들은 상냥하신 분들이죠. 본인들이 사랑하는 사람이 망가져 버리면 마음에 깊은 상처를 받습니다."

"……상처받은 것처럼 보이지는 않던데. 두 사람 모두 팔팔하잖아."

"'네. 그렇더군요.'"

쌍둥이 메이드는 완전히 동일한 타이밍에 고개를 끄덕였다.

"사실 저희는 슬슬 당신이 망가졌을 것이라 생각해서 찾아온 겁니다만……."

"아가씨들도, 당신도 씩씩해 보여서 상당히 당황하고 있는 중입니다."

"전혀 당황한 것처럼 보이지는 않은데."

좀 더 대놓고 말하자면 이 메이드들은 살아있는 것 같지도 않았다.

사실은 츠바사 가문에서 개발한 안드로이드가 아닐까?

""마사키 나카바 님······. 당신도 혼자가 아니신 거죠?""

안드로이드들이 아무런 맥락도 없이 그렇게 말했다.

쌍둥이 메이드는 두 손을 모은 자세로 미동도 하지 않고 가만히 내 대답을 기다렸다.

"······무슨 뜻인지 모르겠는데."

"유즈키 아가씨를 사랑하는 마사키 님."

"후우카 아가씨를 사랑하는 마사키 님."

""당신의 머릿속에는 그 두 명의 마사키 님이 존재하는 거죠?""

여전히 두 사람의 입술 외에는 아무것도 움직이지 않았다.

농담입니다, 하고 웃으며 캐릭터가 붕괴하길 기다렸지만 헛수고였다.

달리 방법이 없으므로 나는 웃으며 대답했다.

"하하, 설마 내가 이중인격이라도 된다는 거야?"

"이중인격과는 조금 다르다고 생각해요."

"평소에는 평범한 인격을 가지고 살다가 갑자기 흉악하고 잔혹한 정반대의 인격으로 바뀌는····· 그런 건 스릴러에서나 볼 수 있는 설정이겠죠."

"하지만 마사키 씨는 '똑같은 인격'을 두 개 가지신 거죠?"

"그건····· 인격이 하나인 거랑 마찬가지 아닌가?"

"아뇨, 달라요. 저희는 겉모습도, 성격도, 능력도 완전히 동일합니다만······."

"한 명이 아니라 두 명이죠. '두 명이다'라는 건 결코 무시할 수 없는 요소입니다."

"너희들 한 명, 한 명의 존재를 가볍게 여긴다는 뜻은 아니었어."

아무리 똑같이 생겼어도 두 사람이 각기 다른 존재라는 점은 명백했다.

'어차피 두 명이나 있으니 한 명쯤은 죽어도 상관없어'라고 생각하는 사람은 없을 것이다.

"두 사람을 구별하지도 못하는 내가 잘난 듯이 할 말은 아니지만."

""아뇨. 저희를 구별하려고 애쓰지 않으셔도 괜찮습니다. 세트라고 생각해 주세요.""

"패스트 푸드도 아니고 사람을 세트로 생각할 생각은 없어. ……하긴, 내가 이런 말을 해봤자 설득력은 없겠지만."

나는 고백한 여자와 그녀의 쌍둥이 여동생을 여자 친구로 둔 인간이니까.

남들 눈에는 쌍둥이를 세트로 취급하는 것처럼 보일 것이다.

"어쨌든, 나한테 인격이 두 개라는 건 너무 황당한 이야기 같은데?"

""아뇨. 전혀 황당한 이야기가 아닙니다. 당연한 귀결이에요.""

쌍둥이 메이드는 나란히 고개를 내저었다.

"혼자서 두 명의 인간을 평등하게 사랑하는 건 내면에 두 명이 존재하지 않는 이상 불가능하니까요."

"저희는 너무나도 특별한 쌍둥이 아가씨들을 보면서 그 결론에

도달했습니다."

"당신이 부정하겠다면 그래도 상관없습니다."

"저희는 당신이 두 아가씨와 좋은 관계를 쌓아 나가기를 바라고 있습니다."

""저희가 바라는 건 그것뿐입니다.""

"……설명하느라 고생했어."

나를 확인하려고 찾아왔다는 말은 사실인 모양이었다.

내가 츠바사 자매와 잘되기를 바란다는 말도.

하지만 나는 쌍둥이 메이드의 말을 긍정할 생각도, 부정할 생각도 없었다.

만약 나의 비밀을 처음으로 털어놔야 할 상대가 있다면, 그건 눈앞의 쌍둥이 메이드가 아니라…….

이런 나도 좋다고 말해준 그 두 사람일 것이다.

나는 이미 어릴 적부터 자신이 혼자가 아니라는 사실을 깨닫고 있었다.

이중인격이라는 개념을 알게 된 것은 한참 나중의 일이지만, 그것과는 다르다는 확신도 있었다. 이중인격처럼 대단한 게 아니라고 해야겠지.

머릿속에 또 한 명의 내가 있다고 해서 불편한 건 없었다.

그렇다고 메리트가 있는 것도 아니었다.

기껏해야 머릿속에 상담할 상대가 있다는 것 정도일까.

바쁜 사회인이 "내가 한 명 더 있었으면 좋겠어"라고 말하는 걸

들어본 적이 있다.

아쉽지만, 내 경우에는 두 개의 인격으로 작업을 분담하는 건 불가능했다.

딱 한 가지, 남들과 다른 점이 있다면…….

동시에 두 명을 사랑할 수 있다는 것.

나는 무뚝뚝한 것과 달리 성격 자체는 평범한 편이었다. 그래서 남들처럼 유치원에 다닐 때 첫사랑을 했다.

그러다 초등학교에 들어갔고, 반이 바뀔 때마다 좋아하는 여자아이도 바뀌었다.

절조가 없기는 했지만 그렇다고 딱히 이상하다고 말할 정도는 아니었다.

다만, 이상한 점이 있다면 좋아하는 여자아이가 항상 두 명이었다는 점이다.

좋아하게 된 두 명 사이에는 이렇다 할 공통점도 없었다.

아무래도 내게는 딱히 정해진 이상형이 없는 듯했다. 얌전한 소녀와 활발한 소녀. 정반대의 성격을 가진 여자아이들을 좋아하게 된 적도 종종 있었다.

단순히 내가 여자를 밝히는 인간이었던 걸지도 모른다. 하지만 좋아하는 아이가 한 명도 아니고, 세 명도 아니고, 네 명도 아니었다.

언제나, 반드시, 예외 없이 두 명이었다.

고등학생이 되어서 깨달은 사실도 있었다. 두 명을 좋아한다는 것은, 그 감정에서 비롯된 성욕도 두 배라는 뜻이다. 그렇다고 딱히 죄책감을 느끼지는 않았지만.

초등학생 때까지는 성욕과 인연이 없었고, 중학교 때도 성욕이 강한 편이 아니었기 때문에 최근에서야 깨닫게 된 사실이었다.

하지만 그 매력적인 쌍둥이를 보고 성욕이 자극당하지 않을 남자는 없을 것이다.

멀쩡한 도덕 관념을 가진 인간이라면 두 명의 여자아이와 동시에 관계를 가질 때 죄책감을 느끼기 마련이다. 하지만 내게는 그런 게 없었다.

유즈키의 가슴을 주무르면서 후우카와 키스를 해도 좋기만 할뿐이었다.

짐승이 따로 없지만 츠바사 자매가 그것을 원하고 있으니 문제될 건 없었다.

오히려 운명의 쌍둥이인 츠바사 자매이기 때문에 용서받을 수 있는 것이겠지.

아니면 두 명인 나와 츠바사 자매의 만남 자체가 운명이었던 걸지도 모른다. 아니, 이건 너무 뻔뻔한 생각일까.

"후우……."

나는 한숨을 내쉬며 고개를 들었다.

"왠지 그리운걸."

나는 좋은 추억으로 가득한, 아니, 가득하지만은 않은 라면 가게 앞에 서 있었다. 예전 모습 그대로였다.

때는 저녁. 오후 다섯 시.

진룡은 오전 11시에 장사를 개시해 오후 3시부터 5시까지 휴식을 취하고 5시부터 10까지 다시 영업을 재개한다.

　진룡은 이미 저녁 영업을 시작하고 있었다.

　쌍둥이의 아파트에서 동거를 시작한 지 한 달도 지나지 않았는데 벌써부터 그리움을 느끼다니. 기분이 묘했다.

　나는 향수병과 인연이 없는 인간일 줄 알았는데. 의외로 외로움을 잘 느끼는 성격인 걸까.

　나는 가게 문을 드르륵 열고 안으로 들어갔다.

　"어서 오십시……. 쳇. 너였냐. 나카…… 나…….."

　"나카바잖아. 본인이 붙인 이름을 잊어버리면 어쩌자는 거야."

　"잊어버릴 수도 있지. 네 이름을 지어준 게 17년 전이다."

　"17년 동안 계속 불렀잖아!"

　가게 안쪽에서는 중년 남성이 카운터를 보고 있었다. 우리 아버지인 마사키 류우지였다.

　짧게 깎은 머리와 이마의 반다나. 청결한 흰색의 조리복을 입고 있었으며, 그 위에는 앞치마를 두르고 있었다.

　우리 아버지는 별 볼 일 없는 라면 가게를 운영하고 있지만, 위생 관념만큼은 남들보다 배는 철저했다.

　손님은 두 명. 이제 막 영업을 재개했기 때문에 많지는 않았다.

　"뭐야. 설마 츠바사 가문에서 쫓겨난 거냐?"

　"설마. 그냥 한번 둘러보려고 온 거야. 엄마는?"

　"방금 전에 들어온 양파가 상태가 안 좋았거든. 다시 주문하러 갔다."

"꼼꼼하네……."

우리 가게의 메인 요리사는 아버지지만 엄마도 몇 가지 메뉴를 담당하고 있었다.

특히 식재료에 관해서는 엄마 쪽이 더 까다로웠다.

"참, 그렇지. 와카바는 안에 있어?"

"뭐야, 여동생을 만나러 온 거였냐. 이 시스콘 녀석."

"아버지의 험상궂은 얼굴보다는 백 배 낫지. 그래서? 안에 있어?"

"올라가 봐. 오늘은 숙제가 많아서 가게 일은 못 돕겠다더라."

"……헤에. 숙제라."

나는 천장을 올려다보며 중얼거렸다.

그러고는 가게를 가로질러 2층으로 향했다.

물론 평소에는 현관문을 통해 들어가곤 했지만, 오늘은 가게를 둘러보고 싶었기 때문에 일부러 이쪽 길을 택했다.

2층으로 올라간 나는 방문에 노크를 한 뒤, 대답도 기다리지 않고 손잡이를 당겼다.

"와카바."

"무슨 일인데, 오빠."

내 여동생이 뒤도 돌아보지 않고 대답했다.

마사키 와카바, 중학교 2학년.

키는 150cm로 작은 편이다.

곱슬기가 있는 단발머리에, 원피스 형태의 교복을 입고 있었다.

이 여동생은 학교를 마치고 돌아와서도 교복으로 생활했다. 갈아입기 귀찮은 모양이다.

와카바는 다다미방 구석에 놓인 책상 앞에 앉아있었다.

왼손에 든 샤프로 공책에 필기를 하는 중이었다.

"오늘은 숙제가 많은가 보네."

인사는 굳이 하지 않았다.

나도, 여동생도 집에 있을 때는 예절을 따지지 않았다.

다만, 어디까지나 우리 둘만의 규칙일 뿐이다. 부모님에게는 꼬박꼬박 인사를 하고 있다.

"……아아. 아빠한테는 그렇게 말했던가."

"그걸 까먹으면 어떡해."

여동생은 책상에 샤프를 내팽개치고는 다다미에 털썩 주저앉았다.

예상대로 숙제 같은 건 하지 않았던 모양이다.

난 공책을 슥 훑어보고는 동생 앞에 앉았다.

"오빠, 집에서 독립한 거 아니었어?"

"들켰어."

"……아하."

내 한마디에 여동생은 모든 것을 이해했다.

나와 여동생은 운명으로 이어진…… 관계는 물론 아니었다.

츠바사 자매 같은 인연이 그렇게 아무 데나 굴러다닐 리가 없었다.

"오빠의 그걸 알아차릴 수 있는 사람은 별로 없을 텐데."

"나도 평소에는 거의 의식하지 않고 살 정도니까."

내 안에는 두 명의 인간이 있었다.

좋아한다는 당연한 감정도 두 개가 존재했다.

하지만 이 특징은 좋아하는 사람이 없으면 아무 의미도 없었다.

"쌍둥이 아가씨가 사는 집에 들어간다는 말을 듣고 혹시나 하기는 했어."

"여동생에게 이런 말을 털어놓기도 좀 그렇지만…… 쌍둥이를 동시에 좋아하게 됐나 봐."

"우와. 그거 까다로워졌네. 중학생한테는 자극이 너무 강한 스토리야."

와카바가 부끄럽다는 듯이 얼굴을 붉혔다.

"거짓말 마. 너는 내 연애 따위는 하나도 관심 없잖아."

"……들켰네."

여동생의 얼굴에서 표정이 지워졌다.

가면이라도 쓰고 있는 듯한, 구세대 CG 캐릭터 같은 무표정한 얼굴이었다.

"아니, 흥미는 있어. 혹시 그 쌍둥이 아가씨는…… 우리랑 비슷한 타입인 거야?"

"살짝 다르지만…… 뭐, 평범하진 않아."

나는 츠바사 자매가 '운명의 쌍둥이'라는 점을 설명했다. 서로가 두 사람분의 감정을 느낀다는 점도.

원래는 아무에게도 해서는 안 될 말이었다.

하지만 내 비밀도 츠바사 가문 측에 들키고 말았다.

긴급 사태이므로 와카바에게만큼은 설명하지 않을 수 없었다.

와카바는 입이 무거워서 다른 사람에게 함부로 발설하지 않을 것이다. 오빠로서 보장할 수 있었다.

애초에 와카바 외에는 이 일을 상담할 사람도 없었다.

"헤에, 운명의 쌍둥이라. 그런 패턴도 있구나. 오컬트 같네."

"뭐, 우리 같은 경우는 심리학적으로도 증명된 케이스니까."

"나는 오빠랑은 달라. 오빠는 불편할 뿐이지 써먹을 구석이 아무 데도 없잖아."

"남이사."

나는 여동생이 필기를 하고 있던 공책을 집어 들었다.

공책에는 온갖 복잡한 수식이 휘갈겨 쓰여 있었다.

나는 단 하나의 수식도 이해할 수가 없었다.

아니, 이게 수식이 맞는지조차 확신할 수 없을 정도였다.

아마 어지간한 대학생들도 이해하지 못할 것이다.

"와카바는 편리하겠네. 뇌가 두 개인 셈이니까."

"뇌가 두 개인 거랑은 달라. 두 인격으로 같은 문제를 동시에 푸는 거니까. 편리하기는 하지만."

"흐음……. 나는 아직도 잘 이해가 안 되네."

CPU가 두 개인 셈이라고 와카바는 설명했다.

생각하는 속도 자체가 두 배가 되는 건 아니라는 듯했다.

와카바의 경우에는 원래부터 그 CPU가 고성능이라 처리 속도가 일반인의 4배 내지는 16배에 달하는 모양이었다.

어디까지나 와카바가 감각적으로 매긴 수치일 뿐, 근거는 없었지만.

쉽게 말해, 내 여동생은 천재였다.

다만, 와카바는 자신의 특성을 부모에게도, 교사에게도, 친구에게도 숨기고 있었다.

현재 이 세상에서 와카바의 비밀을 알고 있는 사람은 동류이자 오빠인 나뿐이었다.

"그래서? 쌍둥이한테 들켰으니 이제 어쩌려고? 말해 두는데, 나를 끌어들일 생각은 마."

"네 비밀을 밝힐 생각은 없어. 와카바, 네 뛰어난 두뇌로 내가 어떻게 하면 좋을지 가르쳐 줘."

"나도 몰라. 들켜도 딱히 상관없는 거 아냐? 오빠의 경우에는 메리트가 없는 대신 무해하잖아."

"말이 심하네……. 그러는 너는 메리트밖에 없잖아."

"세상의 모든 사람이 바보로 보인다는 커다란 디메리트가 있는데?"

"……뭐, 힘든 일이 있으면 얼마든지 털어놔."

"쓸모가 있으면 뭐든지 이용하는 애야, 나는. 오빠가 굳이 그렇게 말하지 않더라도."

무표정이었던 여동생이 쓸쓸한 눈으로 고개를 숙였다.

이 미묘한 표정의 변화를 알아차릴 수 있는 사람은 아마도 나뿐일 것이다.

애초에 여동생이 이 무표정한 얼굴을 보이는 상대도 나뿐이지만, 평소에는 중학교 2학년다운 희로애락을 표현하며 생활하고 있었다.

여동생은 머리가 너무 좋은 나머지 주변의 사람들이 멍청해 보인다는 고충을 안고 있었다.

중학교에 올라온 뒤로는 쓸데없는 마찰을 일으키지 않고 행동하는 법을 배웠지만, 어릴 적에는 주변인들과 자주 충돌을 일으키곤 했다.

와카바는 머리가 좋을 뿐, 몸집도 작고 힘도 약해서 학교에서 표적이 되기 쉬운 학생이었다.

하지만 무시당하거나, 폭행을 당하는 등 괴롭힘을 받지는 않은 모양이었다.

여동생을 괴롭힘으로부터 보호해 준 것은 오빠인 나…… 아니, 내 무서운 얼굴이었다.

멋지게 나타나서 여동생을 지켜준 적은 없었지만 '무서운 오빠가 있으니 와카바는 건들지 말 것'이라는 소문이 학교에 퍼졌다고 한다.

그 소문이 와카바에게 피해가 가는 것을 막아준 모양이었다.

나는 정말로 아무것도 한 게 없는데 말이지.

그리고 오히려 내가 와카바를 괴롭힌 녀석들을 지켜주었을 가능성도 있었다.

생각해 보자. 만약 와카바가 동급생에게 괴롭힘을 당했다면……
내 여동생은 저 우수한 두뇌를 복수에 활용하여 아주 무시무시한 역습을 꾀했을 것이다.

아아, 상상하는 것만으로도 오한이 들었다.

"오빠. 나는 복수같이 야만스러운 짓에는 관심 없어."

"……그럼 다행이고."

여동생은 머리가 좋아서 내가 무슨 생각을 하는지 훤히 꿰뚫고 있었다.

그렇기 때문에 이 여동생에게는 상담해 볼 가치가 있었다.

"오빠, 이건 처음이자 마지막 찬스야."

"뭐……?"

"나한테 상담을 구할 필요도 없어. 내 머리가 필요한 문제도 아니고."

"너는 쓸데없는 일에 머리를 쓰는 게 취미잖아."

와카바는 세상을 놀라게 할 지능의 소유자면서 평소에는 라면 가게의 마스코트로 활동하고 있었다.

차이나 드레스를 입고 손님에게 애교를 부리는 등 가게의 매출을 위해 분투하고 있었다.

라면 가게를 운영하는 데도 머리는 써야 하지만 적재적소라고 말하기는 힘들 것이다.

부모님은 와카바의 뛰어난 지능에 대해서는 알지 못했다.

나 이외에는 아무도 몰랐다.

와카바는 자신의 천재성을 주변에 알리고 싶지 않은 눈치였다.

학교에서도 일부러 성적을 조절해 평균적인 중학생을 연기하고 있었다.

단순히 소란을 피우고 싶지 않은 것일까, 아니면 미래를 내다보고 계획을 세우고 있는 것일까. 현재로서는 내게도 구체적인 이유를 설명할 생각이 없는 듯했다.

"딱히 취미는 아니지만……. 대답이 뻔한 문제를 가지고 생각하긴 싫어. 귀찮아."

"……나는 모르겠어. 설명해 줘."

"아오, 귀찮게."

와카바는 정말로 귀찮다는 듯이 다다미 위에 벌렁 드러누웠다.

그러고는 가부좌를 틀고 앉아있는 내 무릎에 다리를 얹었다.

별일이다. 이 녀석이 어리광을 부리다니.

다른 사람은 알아채기 힘들 테지만, 이렇게 몸을 기대는 것이 와카바의 애정 표현이었다.

혹시 내가 없어서 쓸쓸했던 건가……?

"편해서 이러고 있는 것뿐이야."

"……알겠어."

역시 오빠의 머릿속을 훤히 꿰뚫어 보고 있구나.

일단은 설명을 기다려 보기로 하자.

"하아……. 그 츠바사 가문의 쌍둥이 같은 사람이 흔하지는 않을 거야. 적어도 오빠의 인생에서 또다시 비슷한 사람을 만날 가능성은 한없이 제로에 가까워."

"그래서 쌍둥이를 놓치지 말라는 거야?"

"아니, 그건 아냐. 누군가를 좋아하게 됐으면 당당히 붙잡으라는 거야. 나처럼 연애랑 무관한 인생을 살 생각이라면 지금 바로 츠바사 가문을 나와서 라면 가게 일이나 돕던가."

"여동생의 입에서 흘려듣지 못할 말이 튀어나온 것 같은데. 연애와 무관한 인생을 살겠다니……."

"쓸데없는 참견이야. 상담을 하는 거지 만담을 하자는 게 아니잖아. 말꼬리를 물고 늘어지는 건 무의미한 짓이야."

"너도 지금 말꼬리를 물고 늘어졌잖아. 뭐…… 하고 싶은 말은 대충 알겠어."

두 명의 인간을 동시에 좋아해 버리는 나는, 동시에 나를 좋아해 주는 누군가가 없다면 정상적인 연애를 할 수 없다는 뜻인가.

두 사람과 연애를 하는 시점에서 정상과는 거리가 멀다는 생각도 들지만…….

"오빠는 나를 괴물이라도 되는 것처럼 말하지만 두 개의 인격을 가지고 있는 건 오빠도 마찬가지잖아. 그러니 다른 사람한테 상담을 구할 필요는 없어. 가장 가까운 곳에 상담할 수 있는 인간, 아니, 인격이 있잖아."

"같은 인격이라서 상담을 해도 똑같은 대답밖에 안 나오잖아."

"그렇지만도 않아. 인간은 모순적인 생물이니까. 아마 복제 인간이 상용화되더라도 오리지널과 전혀 다른 인격을 가지게 될걸. 다수의 클론을 똑같은 환경에서 육성해도 마찬가지야. 개체마다 뚜렷한 오차가 발생하겠지."

"극단적인 예시를 드네."

하지만 내가 평소에 고민을 하지 않는 것도 사실이다.

그렇기에 쌍둥이 자매와 사귀어 달라는 유즈키의 부탁을 듣고도 즉답할 수 있었다.

유즈키와 후우카가 들이댔을 때도 어떻게 대응해야 할지 곧바로 답이 나왔다.

키스를 했을 때도, 가슴을 주물렀을 때도 마찬가지였다. 망설임은 있었지만 또 한 명의 내가 결정을 내리면 곧바로 행동으로 옮겼다.

그랬다. 나는 고민거리가 생길 때마다 다른 한 명의 자신에게 물어보았다.

사실은 어느 한쪽의 의견이 부정당한 적도 몇 번 있었다.

여동생에게 물어보니 나의 두 인격은 99퍼센트가 동일하지만 1%의 차이가 존재한다고 한다.

그래서 가끔씩 의견이 어긋나기도 했다.

적당한 퍼센티지다, 라고 와카바는 말했다.

이 세상에 100%라는 것은 존재하지 않는다는 게 와카바의 의견이었다.

특히 인간의 멘탈처럼 불분명한 개념에는 완전한 동일성이 성립할 수 없다나.

대신, 두 인격의 허락이 떨어지면 망설이지 않았다.

고작 두 명이기는 해도 내 안에서 만장일치가 이뤄진 것이다. 확실한 대답이 나왔으니 망설여 봤자 시간 낭비라는 생각이 들었다.

유즈키와 후우카의 경우도 마찬가지였다. 스스로 대답을 냈으니 망설일 필요가 없다고 느꼈다.

게다가 누구보다 똑똑한 여동생이 확답까지 해주었다. 이것이 처음이자 마지막 찬스라고.

그러니 나 자신이 어떤 인간이든 간에 두 사람을 붙잡기로 했다.

좋아하는 아이에게 고백했더니

쌍둥이 여동생이 덤으로

딸려 왔다

SUKI NA KO NI KOKUTTARA
FUTAGO NO IMOUTO GA
OMAKE DE TSUITEKITA

10. 쌍둥이는 진실과 함께 모든 것을 요구한 모양입니다

"아, 마사키. 여기 음식이 괜찮네."

"마사키 씨, 라면이 맛있네요."

"…………."

집을 떠나기 전에 인사나 하려고 가게에 들어와 봤건만.

낯익은 쌍둥이가 가게의 카운터에 앉아 라면을 먹고 있었다.

옆에는 만두와 볶음밥(보통 사이즈)까지 놓여 있었다. 많이도 시켰네.

"안심해라, 마사키. 아가씨들이 먹을 만두에는 마늘을 뺐으니까!"

"아버지. 마늘이 빠진 만두는 남자답지 못한 음식이라고 우기지 않았어?"

"요즘은 젠더 프리 시대 아니냐. 라면 가게도 시대의 흐름에 맞춰 업데이트해야지!"

"…………."

무슨 말인지도 모르면서 떠들고 있는 게 분명했다.

보나 마나 와카바가 알려준 단어를 가져다 쓴 거겠지.

"마늘이 없어도 풍미가 진해서 맛있어요, 이 만두."

"맞아. 안에 든 육즙이 속 재료의 맛을 부각해 줘서 엄청 맛있어."

"……뭐, 천천히들 먹어. 2인분이니까 2560엔이야."

"나카바! 식사 중에 쓸데없는 소리 마라!"

"알았어, 알았어. 농담이야."

애초에 이 두 사람에게 돈을 받을 수는 없었다.

내가 매일같이 공짜 밥을 얻어먹고 있으니까.

"그보다 여기에서 뭐 하는 거야? 후우카의 환영회를 해주러 갔던 거 아니었어?"

"도중에 빠져나왔어요."

"주역이 빠진 환영회라니 신선하네. ……딱히 그렇지도 않나?"

"다들 즐겁게 놀 이유만 있으면 그걸로 충분해. 후우카는 구실을 제공했을 뿐이야."

"인싸들이 하는 생각은 이해하기 힘들구만."

매번 힘들게 이유를 갖다 붙일 필요가 있을까. 그냥 나가서 놀면 그만인데.

그러면 환영회는 아직도 진행 중인 걸까……?

"나도 밥이나 먹을까. 아버지, 볶음밥이랑 닭튀김 부탁해."

"네가 만들어 먹어."

"손님한테 만들어 먹으라는 음식점이 어딨어!"

아버지는 농담을 하면서도 내 주문을 받아주었다.

오랜만에 먹는 아버지의 요리였다.

"하아, 배부르다. 맛은 그렇다 쳐도 푸짐해서 좋다니까, 우리 가게는."

"……여전히 엄청나게 먹는구나, 마사키."

"기분 탓일까요. 저희 요리보다 맛있게 먹는 것 같았어요."

"그, 그렇진 않아."

볶음밥과 닭튀김에 이어서 돼지 뼈 라면 곱빼기, 왕만두까지 추가로 주문해 버리고 말았다.

분하지만 아버지가 만드는 요리는 맛있었다.

이 맛에 익숙해진 탓도 있을 테지만.

"이만 가볼게, 아버지. 엄마한테도 인사 전해줘."

"오늘의 음식값은 네 이름으로 달아두마."

"……앞으로는 집에 돌아오는 걸 심각하게 고민해 봐야겠어."

그렇게 아버지와 티격태격하면서 가게를 나왔다.

엄마는 양파를 사러 어디까지 가신 거람.

어쨌든 나와 쌍둥이는 역으로 걸어가기 시작했다.

"오늘도 맛있었어. 우리도 그 맛을 재현해 보고 싶네."

"맛이 기억에 남아있는 동안에 얼른 시도해 봐야겠어요. 볶음밥, 닭튀김, 돼지 뼈 라면, 왕만두였죠?"

"굳이 내가 고른 메뉴를 선택할 필요는 없는데."

쌍둥이는 시끌벅적 떠들며 레시피를 고민하기 시작했다.

고민할 바에는 아버지에게 물어보는 편이 빠를 텐데. 아버지라면 기뻐하며 유즈키와 후우카에게 가게의 레시피를 가르쳐 줄 것이다.

아버지는 젊은 여성 손님에게 약했다. 심지어 내가 신세를 지고 있는 쌍둥이 미소녀라니. 더 말할 것도 없었다.

그건 그렇고, 우리 가족들은 츠바사 자매에 대해서 어떻게 생각하고 있을까?

동거 중이라는 건 당연히 알겠지만, 우리가 사귀는 사이라는 사실도 알고 있을까?

아니, 지금 신경 쓰이는 부분은 따로 있었다.

"유즈키, 후우카. 그래서?"

"응? 그래서라니, 무슨 뜻이야?"

"표정이 진지하시네요, 마사키 씨."

"왜 갑자기 우리 가게에 온 거야?"

"마사키야말로 갑자기 본가로 돌아갔잖아."

"향수병에 걸릴 타입도 아니고 말이죠."

역시 그렇게 생각하는구나. 나도 똑같은 생각을 했으니 무리도 아니다.

"우리 집…… 아니, 여동생을 보러 갔었어. 부모님은 그렇다 쳐도 여동생은 아직 중학생이거든. 한동안 얼굴을 못 봐서 걱정이 됐어."

"사실은 시스콘이었군요, 마사키 씨. 즉, 여동생인 제가 더 좋다는 뜻인가요."

"후우카는 내 여동생이 아니잖아!"

"설마 이런 부분에서 차이가 벌어질 줄이야. 하긴, 우리 자매가 쌍둥이긴 해도 언니와 여동생이라는 구별만큼은 어떻게 할 수가 없지. 사회적으로."

"사회적으로……."

설마 이 사회가 우리 사이를 가로막고 있었을 줄이야.

사실 딱히 가로막고 있지는 않지만.

"시스콘이라서가 아냐. 사실은 내 동생이 문제아거든."

정확히는 와카바가 문제아라는 사실을 아무도 눈치채지 못하는 게 문제였다.

와카바의 뛰어난 지능이 언제 화근으로 작용할지 모를 일이었다.

오빠로서 너무 오랫동안 방치해 둘 수는 없었다.

"아, 그렇군요. 문제아가 되면 마사키 씨의 관심을 끌 수 있다라……."

"마사키 때문에 내 여동생이 못된 걸 배웠잖아."

"그만둬, 후우카. 전학을 오자마자 무슨 짓을 저지르려고 그래."

다른 학교에 서슴없이 잠입하는 후우카다. 방심할 수는 없었다.

물론 이 두 사람도 내게는 여동생만큼이나 소중했다.

언제부터인가 나는 이 쌍둥이들을 식구처럼 생각하고 있었다.

"마사키. 아사랑 유우가 너를 찾아갔었지?"

"……갑자기 화제를 바꾸네."

"두 사람은 그전에도 정기적으로 저희들의 상태를 확인하러 왔어요. 마사키 씨가 저희 집에 머물기 시작한 뒤로는 한 번도 찾아오지 않았지만 결국 언젠가는 올 거라고 생각했죠. 요즘 세상에 메이드복이라니, 정말 시대착오적이라니까요."

"최근에 메이드복을 입은 쌍둥이를 하나 더 본 것 같은데."

"아사와 유우는 메이드라는 직업에 긍지를 가지고 있어서 다른 복장은 입지 않으려고 해요. 참고로 저희도 마사키 씨를 위해서 긍지를 가지고 메이드 코스프레를 한 거예요."

"직업으로 삼은 쪽이 그나마 멀쩡해 보이는데…….."

메이드복이 코스프레 의상으로밖에 보이지 않는다는 점은 부정할 수 없지만.

"메이드복 얘기는 그만 됐어. 아사와 유우는 늦든, 빠르든 우리 집을 방문할 예정이었지만…… 문제는 두 사람이 우리가 없는 틈에 왔다는 거야."

"즉, 마사키 씨에게 무언가 불안 요소가 있다고 본 거죠. 적어도 아사와 유우, 그리고 츠바사 가문은 그렇게 생각했을 거예요."

"그렇군."

전부 털어놓기로 결정했으니 설명은 빠르게 하는 편이 나을 것이다.

쌍둥이는 어떻게 생각할까.

얼빠진 표정을 지을 가능성이 가장 높았다.

유즈키와 후우카, 아사와 유우는 쌍둥이다. 쌍둥이라는 건 명확해서 알기 쉽다. 하지만 내 경우는 달랐다.

운명의 쌍둥이같이 중이병스러운 단어로 표현할 수 있는 것도 아니었다.

내 안에 내가 두 명 있다니. 단순한 망상이라고 여겨도 이상할 게 없었다.

다만, 츠바사 자매가 '두 개의 인격'을 믿지는 못하더라도…….

내가 두 사람을 동시에 좋아한다는 사실만큼은 믿어줄 수 있지 않을까.

아파트에 마련된 내 방은 워낙 넓어서 아직도 적응이 되지 않았다.

어쩌면 적응하지 못한 채로 이곳을 나가게 될지도 모른다.

이곳에서의 동거 생활은 아직도 내게 꿈만 같아서 무심코 그런 생각이 들어버렸다.

시간은 밤 11시.

나는 커다란 침대에 누워 천장을 올려다보고 있었다.

아파트로 돌아온 뒤에는 평소처럼 저녁을 먹었다.

식사를 마친 다음에는 목욕을 하고, 거실에서 TV를 보다가 방으로 돌아갔다.

마치 아무 일도 없었던 것처럼.

나는 진룡에서 나온 뒤의 기억을 떠올렸다.

아파트로 귀가하며 내 이야기를 듣던 쌍둥이 자매의 모습을.

쌍둥이는 내가 두 개의 인격을 가졌다는 설명을 듣고도 놀라지 않았다.

"뭐, 우리도 특이하긴 마찬가지니까. 마사키한테도 뭔가가 있을 거라고는 생각했어."

"두 개의 인격이라. 잘은 모르겠지만…… 거짓말 같지는 않네요."

굉장히 평범한 반응이었다.

실제로 대단한 능력은 아니었다. 내가 두 명이라서 얻을 수 있는 메리트는 '머릿속에서 회의를 할 수 있다'는 것뿐이었다.

어쩌면 두 명인 나와 다르게 훨씬 더 많은 인격을 품고 살아가는 사람도 있을지 모른다.

홀수의 인격이면 망설여질 때마다 다수결로 해결하는 방법도 있을 것이다.

다만 내가 두 명이든, 세 명이든 쌍둥이가 손해를 볼 일은 없었다.

츠바사 가문에도 아무런 피해가 없을 것이다.

그럼에도 불구하고 내가 그동안 쌍둥이에게 비밀을 털어놓지 못했던 이유는…….

내가 스스로를 이상한 인간이라 생각하고 있었기 때문이었다.

인격이 둘이라는 것은 어디까지나 내 내면의 문제지만, 두 명의 여자를 좋아한다는 것은 '바깥'의 문제다.

나 혼자만의 문제가 아닌 것이다.

각기 다른 두 명의 인간을 동시에 좋아하다니.

이런 인간이 제대로 된 연애를 할 수 있을 리 없었다.

심지어 지금은 성욕까지 영향을 받고 있었다.

나는 최근 며칠간의 야한 경험들이 유즈키와 후우카의 유혹 때문이라고는 생각하지 않았다.

거절하려 했으면 얼마든지 거절할 수 있었을 것이다. 오히려 내 쪽에서 적극적으로 행동한 부분도 분명히 있었다.

야한 동영상도 아니고, 쓰리썸 같은 건 비현실적인 행위다.

뭐, 셋이서 이것저것 즐기기는 했지만…….

유즈키와 후우카를 좋아하게 된 이후로 육체적인 관계에도 계속 관심이 갔다.

최근에 들어서 나는 새삼 재확인할 수 있었다. 고등학생쯤 되면 연애와 성욕을 분리하는 것이 불가능하다는 사실을.

연인 관계를 쌓아나가는 과정에서 성적인 행위는 결코 작은 문제가 아니었다.

그래서 나는 누군가를 좋아해도 그 감정을 표출하면 안 된다고 생각했다. 적어도 얼마 전까지는.

하지만 예상과 달리 나의 이러한 감정을 받아내 주는 상대가 나타나 버렸다.

유즈키와 후우카가 나의 특이한 인격을 위해서 태어났다고 말하고 싶지는 않았다.

그래, 이것이다. 마치 내가 유즈키와 후우카를 이용하고 있는 듯한 기분이 들었던 것이다.

물론 지나친 생각이라는 건 알고 있었다.

하지만 나는 찝찝한 기분을 버릴 수가 없었다.

두 명의 여자아이와. 심지어 엄청난 미소녀들과 사기게 된 것이다. 정말로 이 믿기 힘든 행복을 받아들여도 되는 건지 아직도 확신이 없었다.

"마사키."

"마사키 씨."

"…………!"

갑자기 천장의 불빛이 꺼지더니 은은한 문샤인 조명으로 대체되었다.

어쨌든 나는 쌍둥이의 목소리에 당황하며 몸을 일으켰다.

침대에 앉아 옆을 돌아보니 쌍둥이가 서 있었다.

"오래 기다렸지."

"오래 기다리셨죠."

"……딱히 기다리진 않았는데."

두 사람은 똑같은 흰색의 원피스를 입고 있었다.

가느다란 어깨끈 밑으로 뽀얀 어깨가 드러나 있었고, 목둘레가 깊게 파여있어 가슴골이 대놓고 보였다.

그리고 얇은 천 너머로는 무언가가 툭 튀어나와 있었다.

쌍둥이는 브래지어를 착용하고 있지 않은 걸까.

"……누가 누구인지 구별할 수가 없네."

"그렇지?"

"그렇죠?"

예전에도 쌍둥이를 구분하기는 쉽지 않았지만, 오늘 두 사람은 완벽하게 똑같은 모습을 하고 있었다.

머리카락도 전부 길게 풀어놓고 있었다.

언제나 한 쪽이 머리를 묶고 있었기 때문일까. 이번에 처음으로 눈치챈 사실이 있다.

쌍둥이는 머리 길이까지 완전히 동일했던 것이다. 한 치의 오차도 없이.

유즈키는 밝은 갈색이고, 후우카는 짙은 검은색.

하지만 지금은 달랐다.

"한쪽이 머리를 염색했구나. 염색한 건…… 후우카인가."

두 사람의 머리색은 모두 밝은 갈색이었다.

조금 망설이긴 했지만 틀리지 않기를 바랐다.

"혹시 그동안 내가 갈색으로 물들였다고 생각했어? 사실은 후우카가 검은색으로 염색했던 거야. 우리는 원래 갈색 머리거든."

"의표를 찔렸네."

당연히 유즈키가 갈색으로 염색했을 거라고 생각하고 있었다.

실제로 일본인 중에서도 가끔씩 머리가 갈색인 사람들이 있다.

그리고 우리 집도 남매의 머리색이 달랐다. 내 머리는 새까맸지만 와카바는 좀 더 색이 연했다.

"저는 조용한 성격이니까요. 머리가 갈색이면 노는 학생처럼 보여서 검게 염색하고 다니고 있어요."

"속지 마, 마사키. 얘는 흑발의 청순한 캐릭터를 연기하려는 거거든."

"나는 아무 색이든 상관없어. 갈색이든, 검은색이든, 핑크색이든."

"함부로 말하면 안 돼, 마사키. 후우카는 그런 말을 들으면 진짜로 핑크색으로 염색해 버린단 말야."

"그러고 보니, 나를 호텔로 데려갔던 첫날에도 갈색으로 염색하려 했었지."

"그리운 이야기네요."

"아직 한 달도 안 지났잖아."

다시 말해, 당시에 후우카는 검은색으로 염색한 머리를 다시 갈색으로 염색하려 했다는 건가.

"머리색을 바꾼다는 것 자체가 중요했어요. 헤어 스타일을 바꾸는 정도로는 부모님도 구별을 못 하시니까요. 그러니 무슨 색이든 딱히 상관은 없어요. 마사키 씨가 원하신다면 핑크색도 얼마든지…….”

“거 봐, 이렇다니까.”

“그러면 지금은 원래의 색으로 돌아온 건가?”

“가만히 있으면 누가 누구인지 모르겠죠?”

“가만히 있으면 누가 누구인지 모르겠지?”

유즈키와 후우카는 서로를 바라보며 손을 마주잡았다.

그리고 침대 옆에서 빙글빙글 왈츠를 추기 시작했다.

두 사람은 돌고 돌아 수시로 자리를 바꾸었다. 이제는 누가 누구인지 분간할 수가 없었다.

“……뭘 하는 거야.”

유즈키와 후우카는 움직임을 뚝 멈추더니 나란히 침대 위로 올라왔다.

““저희들을 구별할 수 있겠어요?””

“아니.”

나를 향해서 다가오는 두 명의 소녀는 똑같은 얼굴을 하고 있었다.

머리색도, 얼굴도, 말투도, 목소리도, 몸매도 전부 똑같았다.

내 안에 있는 또 하나의 나도 “모르겠어”라고 동의했다. 두 인격의 대답이 일치했다.

“너희들 중 누가 유즈키고, 누가 후우카인지 아무리 봐도 모르겠어.”

나는 양손을 뻗어 쌍둥이의 뺨에 얹었다.

　"손바닥에서 느껴지는 감촉까지 똑같아. 뭐, 후우카와 유즈키의 볼이 얼마나 부드러운지 기억하고 있던 건 아니지만."

　""그렇겠죠.""

　말하는 타이밍까지 완벽하게 일치했다.

　쌍둥이는 서로의 얼굴을 쳐다보지도 않았다.

　그런데도 입을 여는 타이밍마저 똑같은 것은 두 사람이 운명의 쌍둥이이기 때문일까.

　"구별할 수는 없지만…… 나는 유즈키를 좋아하고 후우카를 좋아해."

　"으음……."

　"아……."

　키스 받은 쪽의 소녀가 달콤한 소리를 내고, 다른 한 명의 소녀는 황홀한 눈으로 자신의 분신을 바라보았다.

　"나는 후우카를 좋아하고 유즈키를 좋아해."

　"하음……."

　"앗……."

　이번에는 다른 한쪽의 소녀에게 키스를 해주었다. 그러자 소녀는 달콤한 소리를 냈고, 반대쪽 소녀가 황홀한 표정을 지었다.

　"나는 유즈키와 후우카가 좋아. 두 사람 다 좋아. 내 안에 있는 두 명의 내가 유즈키를 좋아하고, 후우카를 좋아하고 있어."

　""……뭔가 복잡하네요.""

　미소를 지은 두 사람은 쪽, 쪽 하고 순서대로 키스를 했다.

그리고 우리는 입을 벌려 서로의 혀를 휘감았다.

"흐앗, 음, 쪽, 으음…… 흐읏."

"으음, 읍, 쪽, 으음…… 하읍."

충분히 서로를 만끽한 우리는 얼굴을 떼어냈다.

"하지만 그거면 돼요. 당신이 두 명이라도 상관없어요. 아니, 저희는 당신의 내면에 두 명의 당신이 있다는 사실이 기뻐요."

"두 명의 당신이 두 명의 우리를 좋아해 주었으니까요."

""역시 당신은…….""

쌍둥이는 얼굴을 맞대더니 동시에 혀를 내밀고 나에게 키스를 건넸다.

""운명의 쌍둥이가 기다리던…… 운명의 남자예요.""

세 사람의 입술이 하나로 포개졌다.

쌍둥이는 뜨거운 숨결을 토하며 머리를 살짝 뒤로 물렀다.

그랬다. 내게도 유즈키와 후우카는 운명의 상대였다.

와카바 외에는 그 누구에게도 밝히지 못했던 비밀을 이토록 간단히 받아들여 줄 줄이야.

상상해 본 적도 없었다. 정말로 두 사람을 만나게 되어 다행이라는 생각이 들었다.

"고마워. 유즈키, 후우카. 여전히 누가 누구인지 모르겠지만."

내가 쓴웃음을 지으며 말했다.

그러자 쌍둥이는 빙그레 웃으며 대답했다.

"……내가 유즈키야."

"제가 후우카예요."

미소 짓는 두 사람의 얼굴은 여전히 똑같아 보였다.

오른쪽이 유즈키, 왼쪽이 후우카.

누가 누구인지 겉모습만 가지고는 구별이 불가능했다.

하지만…… 내 착각일까. 두 사람의 모습이 평소처럼 느껴졌다. 갈색 머리의 유즈키와 검은색 머리의 후우카로.

"있잖아, 마사키."

"왜 그래, 유즈키."

"우리들, 저기…… 키, 키스보다 대담한 짓도 잔뜩 했지만…… 아직 끝까지 한 적은…….""

"그, 그러게."

이 화제만큼은 나도 어색할 수밖에 없었다.

부끄럽기는 쌍둥이들도 마찬가지인지 얼굴을 새빨갛게 물들이고 있었다.

듣고 보니 그랬다. 쌍둥이는 고백한 날부터 대담하게 들이댔지만, 아직 선을 넘어본 적은 단 한 번도 없었다.

가슴을 그렇게나 많이 주무르고, 그렇게나 많은 봉사를 받았는데도 말이다.

쌍둥이가 거부한 건 아니지만 왠지 모르게 그 이상 나아가기 힘든 분위기가 조성되어 있었다.

나도 서두를 생각은 없었기에 유즈키와 후우카를 재촉하진 않았다.

물론, 하고 싶은지 아닌지를 묻는다면 대답은 정해져 있지만.

"키, 키스는…… 내가 처음이었잖아?"

"그, 그래서 이번에는 제가 처음으로 하는 게 맞는 건지…… 아니면 고백을 받은 사람이 언니니까 언니에게 양보해야 하는 건지 고민하고 있었어요."

"고민할 게 너무 많아서 정하지를 못했어."

"웬만한 건 동시에 가능하잖아요? 키스도 무리하면 셋이서 할 수 있고……."

"하지만 그, 그것만큼은 아무리 쌍둥이라도 동시에 할 수가 없잖아?"

쌍둥이는 횡설수설하고 있었지만 무슨 말을 하려는지는 확실하게 이해했다.

단도직입적으로 말해서, 섹스만큼은 셋이서 할 수 없다는 뜻이었다.

"……나는 서두를 생각도 없고, 누구랑 먼저 해도 상관없어. 너희가 납득할 때까지 천천히 고민해 봐. 그때까지 기다릴 테니까."

"정말로? 정말 그래도 돼?"

"정말인가요? 정말 그래도 되나요?"

"……그래."

"지금 순간적으로 뜸 들였어! 역시 한시라도 빨리 우리랑 하고 싶은 거지?!"

"마사키 씨도 남자군요……. 매일 가슴을 빨게 해드리고…… 이, 입으로 봉사까지 해드렸는데 아직도 부족하시다니……."

나는 묵비권을 행사했다.

물론 나도 최대한 빨리 결론이 나기를 원하지만 재촉하고 싶지 않은 것도 사실이었다.

어느 쪽이 먼저든, 이 귀여운 쌍둥이를 안을 수 있다면 불만은 없었다.

"하여간 밝히기는……. 뭐, 우리를 똑같이 사랑해 주는 건 기쁘지만."

"동감이에요……. 저희를 동시에 품으려는 마사키 씨의 마음이 기뻐요."

""그러니.""

두 사람이 입을 모아 말했다.

그러고는 흰색의 원피스를 스르륵 벗어 내렸다.

부드러운 조명 아래, 쌍둥이의 새하얀 살결이 드러났다.

"…………."

나는 자기도 모르게 꿀꺽 침을 삼켰다.

사실은 지금까지 유즈키와 후우카의 알몸은 한 번도 본 적이 없었다.

일부만 벗은 모습은 이미 몇 번이나 봤건만.

두 사람은 침대에 걸터앉아 좌우대칭으로 포즈를 잡았다.

"정말로 완전히 똑같이 생겼네."

"그렇지?"

"그렇죠?"

자그만 얼굴, 기다란 갈색의 머리카락, 가느다란 목, 가냘픈 어깨, 날씬한 팔, 커다란 두 개의 가슴, 그 중심에 있는 핑크색 유두, 새하얀 배와 배꼽, 그리고 그 밑에 있는……. 다시 밑으로 내

려가 늘씬한 허벅지와 다리, 잘록한 발목까지.

하나부터 열까지 자로 잰 것처럼 똑같았다.

"마지막까지는…… 아직 준비가 안 됐지만."

"그 외에는…… 얼마든지 상관없어요. 저희들의 가슴도, 엉덩이도."

"허벅지든, 입술이든, 가슴이든 마음대로 다뤄도 좋아."

"맞아요. 저희들의 입과 가슴을 마음대로 다뤄주세요."

"그렇게까지 말한다면…… 지금까지 그랬던 것처럼 내 마음대로 하겠어. 내가 좋아하는 두 사람의, 나를 좋아한다고 말해준 두 사람의 몸이니까."

"당연하지♡"

"당연하죠♡"

유즈키는 밝게 웃으며 대답했고, 후우카는 키득거리며 대답했다. 그리고 두 사람은 양쪽에서 나를 끌어안았다.

지금도 내 눈에는 두 사람이 평소의 모습으로 보였다. 유즈키의 머리는 갈색으로, 후우카의 머리는 검은색으로.

실제로는 반대일지도 모르지만 내가 두 사람을 좋아하는 이상 어느 쪽이든 상관없었다.

"내 몸을 마음대로 다뤄 줘♡ 쪽♡"

"제 몸을 마음대로 다뤄 주세요♡ 쪽, 쪽♡"

유즈키가 키스를 하고, 뒤이어 후우카가 두 번 키스했다.

맨 처음을 차지한 유즈키가 한 번, 처음을 양보한 후우카가 두 번.

두 사람은 이러는 게 공평하다고 느낀 모양이었다.

물론, 나도 두 사람을 공평하게 사랑해 줄 생각이었다.

"꺄악♡"

"아앙♡"

나는 두 사람의 가슴을 동시에 주물렀다.

감촉도, 탄력도 완전히 똑같았다. 나는 두 사람의 가슴을 반죽하듯 주무르고, 유두를 손끝으로 붙잡고, 당기고, 애무했다.

쌍둥이는 몸을 활처럼 젖히며 달콤한 교성을 내질렀다.

가슴을 한참 주무르자 유즈키와 후우카는 쓰러지듯이 내게 몸을 기댔다.

나는 부드러운 살결의 감촉을 만끽하면서 두 사람과 번갈아 키스를 나누었다.

"하음, 쪽…… 너무 거칠어……♡"

"거, 거칠게 하는 거…… 싫지는 않아요……. 유즈 언니도 그렇죠?"

"다, 당연하지. 좋아하는 남자가 내 가슴을 만져주는데…… 싫을 리가 없잖아."

"동감이에요. 저도 마사키 씨가 더욱더 제 몸을…… 만끽해 주셨으면 좋겠어요♡"

"마지막까지 하지는 않겠지만…… 그 외에는 전부 하겠어. 유즈키와 후우카의 몸을 전부 맛볼 거야."

"으, 응♡ 꺄악!"

"아, 알겠어요♡ 아앙!"

나는 쌍둥이의 엉덩이를 붙잡아 내 쪽으로 바짝 잡아당겼다.

그렇게 쌍둥이를 단단히 끌어안고는 키스를 나누고, 가슴을 주무르고, 엉덩이를 쓰다듬고, 핑크색 유두를 맛보았다. 몇 번이고, 몇 번이고.

누가 누구인지는 이제 아무래도 좋았다.

나와 유즈키와 후우카가 마치 하나로 합쳐진 듯한 기분이었다.

쌍둥이는 둘이자 하나였고, 하나이자 둘이었다. 그리고 나도 둘이서 하나였다.

하지만 어쩌면…… 셋이서 하나일지도 몰랐다.

"조, 좋아해, 마사키! 정말로 좋아해……♡"

"좋아해요, 마사키 씨! 정말로 좋아해요……♡"

"그래, 나도…….."

하지만 그딴 건 아무래도 좋았다. 두 사람의 달콤한 목소리와 피부의 감촉만이 전부인 것처럼 느껴졌다.

나와 쌍둥이의 시간은 지금부터 다시 흘러가기 시작할 것이다.

좋아하는 아이에게 고백했더니

쌍둥이 여동생이

덤으로

딸려왔다

SUKI NA KO NI KOKUTTARA
FUTAGO NO IMOUTO GA
OMAKE DE TSUITEKITA

에필로그

"사실 나랑 후우카는 마사키와 사귀고 있어."

"네. 저와 유즈 언니는 마사키 씨와 사귀는 사이예요."

"뭐…… 뭐라고?!"

어느 날의 쉬는 시간.

유즈키는 평소처럼 친구들과 대화를 나누고 있었고, 후우카가 도중에 그룹에 합류했다.

그리고 유즈키가 다짜고짜 폭탄 발언을 내뱉었다.

제일 처음 소리친 것은 타카야 리나였다.

유즈키와 후우카의 얼굴을 번갈아 쳐다본 타카야는 무시무시한 속도로 나를 돌아보았다.

"마, 마사키?! 대답해! 이게 무슨 소리야?!"

타카야가 나를 노려보며 교실이 떠나가라 외쳤다.

그러자 다른 학생들도 술렁거리기 시작했다.

교실에서 가장 주목받는 미소녀 유즈키.

마찬가지로 주목받는 데다 전학생이기까지 한 후우카.

그리고 나쁜 의미로 가장 눈에 띄는 마사키. ……바로 나.

남자가 쌍둥이와 사귀는 것만으로도 특종거리다.

심지어 교실에서 가장 눈에 띄는 세 명의 조합이라니. 난리가 나지 않는 게 이상했다.

도망칠까도 생각해 봤지만 등교 거부를 하거나 퇴학이라도 당하지 않는 한 벗어날 방법은 없었다.

게다가 그건 남자다운 행동도 아니었다.

반쯤 일어나 있던 나는 다시 의자에 털썩 앉았다. 그러고는 등을 꼿꼿하게 펴고 팔짱을 꼈다.

그러잖아도 큰 체구를 더욱더 커 보이게 만드는 포즈였다.

"유즈키와 후우카의 말대로야. 나는 츠바사 유즈키와 츠바사 후우카와 사귀고 있어. 뭔가 불만이라도 있어?"

"……딱히 불만이 있는 건 아니고."

타카야는 크으윽, 하고 분하다는 표정을 짓고 있었다.

절친과 절친의 쌍둥이 여동생이 절대로 이어지지 않을 것 같았던 상대와 사귀고 있는 것이다.

타카야는 내가 유즈키에게 고백했다는 사실을 알고 있었지만, 설마 유즈키가 그 고백을 수락했을 것이라고는 생각하지 못한 듯했다.

심지어 여동생과도 사귀고 있을 거라고는…….

후우카도 전학 온 첫날 남자친구가 있다고 선언한 적이 있었다. 타카야는 그 상대가 나인 줄은 꿈에도 몰랐을 것이다.

이 모든 상황이 본인의 상상을 뛰어넘어서 분한 것일까.

오히려 이걸 전부 상상해 내는 쪽이 이상하다고 보는데.

"유즈키, 후우카. 이쪽으로 와."

"아하하. 명령조로 말하는 것 좀 봐."

"후후, 저도 모르게 두근거렸어요."

쌍둥이는 그렇게 말하며 내가 앉아있는 책상 옆으로 다가왔다.

"뭐, 그렇게 됐어. 나는 마사키의 여자 친구야. 앞으로 나한테 고백해 봤자 헛수고니까 그렇게 알아 둬. 앞으로 잘 부탁할게."

"전학생이자 유즈 언니의 쌍둥이 여동생입니다. 마사키 씨의 여자 친구로도 잘 부탁드립니다."

나를 끌어안으며 미소 짓는 두 사람.

남들이 보기에는 내가 두 사람을 손아귀에 넣은 것처럼 보일 것이다.

실제로 쌍둥이에게 물어보면 내 것이라고 긍정해 버릴 테지만.

풍만한 두 개의 가슴, 아니, 네 개의 가슴이 양쪽에서 나를 압박했다.

"우와, 지, 진짜로……? 어쩌다 이렇게 된 거지……."

타카야는 얼빠진 표정으로 우리를 바라보고 있었다.

다른 학생들도 다들 비슷한 상황이었다. 그리고…….

""쪽♡""

유즈키와 후우카가 확인사살을 하듯 양쪽에서 내 볼에 키스를 했다.

우오오! 하고 교실의 술렁거림이 한층 더 거세졌다. 분위기가 과열되는 것이 느껴졌다.

자, 이제 더는 되돌릴 수 없다.

"아하하핫! 분위기 봤지? 이야, 위험했어!"

"다들 엄청난 표정을 짓고 계셨어요. 영상으로 남겨두고 싶을 정도였어요."

"악마냐, 너희들……."

말은 그렇게 했지만 나도 씨익 웃고 있었다.

우리는 셋이서 나란히 교문을 통과하고 있었다.

쌍둥이는 내 몸에 찰싹 달라붙어 있었다. 팔과 다리, 부드러운 가슴의 감촉이 전해져 왔다.

학교에서 인기 많은 미소녀 유즈키, 쌍둥이 여동생이자 미소녀인 후우카, 게다가 악의 화신처럼 두려움을 사고 있는 나.

이 세 사람이 사귄다는 사실은 5분도 지나지 않아 학교 곳곳으로 퍼져 나갔다.

SNS가 일반적인 시대에서 소문이 퍼지는 속도는 그야말로 광속이었다.

"하지만 사실인걸. 나는 더 이상 숨기고 싶지 않아."

"저도 언제 어디서나 마사키 씨와 꽁냥거리고 싶었어요."

"……살살 부탁할게. 나도 이미지란 게 있으니까."

반은 농담이었다.

하지만 여자애들과 어울려 지내면 기존의 이미지가 무너지는 것도 사실이었다.

뭐, 나는 생긴 것만 무섭지 불량배는 아니니까 여자를 사귀어도 문제될 건 없지만.

평생 동안 갈고닦은 '타인의 시선을 무시'하는 기술이 이런 식으로 도움이 될 줄이야.

"나야말로 그동안의 이미지가 걱정이야. 내가 이렇게 당당하게 남자를 사귈 거라고는 아무도 생각하지 않았을 테니까."

"유즈 언니는 학교 피라미드의 정점에 있는 여왕님이잖아요. 오히려 누구와도 사귀지 않아서 다들 남성 혐오증이라고 여기고 있었을 걸요?"

"그럴지도. 그러는 후우카야말로 괜찮겠어? 얌전하게 생겨서 이렇게 무서운 마사키랑 사귀다니. 청초한 이미지가 와르르 무너져 버리겠네."

"아하하. 이미지 같은 건 얼마든지 무너져도 괜찮아요."

"완전히 아무 말 대잔치구나."

그렇지만 청초한 미소녀가 양아치(사실은 아니지만)와 사귀고 있으면 충격을 받는 사람도 적지 않을 것이다.

충격을 받아 몸져누워도 책임져 줄 생각은 없지만.

"뭐, 남들이 아무리 떠들어도 우리만 행복하면 된 거지."

"맞아요. 마사키 씨와 당당하게 사귀는 게 저희들의 행복이니까요."

"너희들, 멘탈이 너무 강한 거 아니냐……."

쌍둥이는 애정뿐만 아니라 자의식까지 과잉인 모양이었다.

아니지. 서로가 서로의 자신감을 보충해 주고 있는 셈인가.

"자, 진짜는 지금부터야. 몰래 사귀는 건 오늘로 끝. 이제부터는 우리 사이를 인정하게 만들어야겠지."

"어차피 저희와 마사키 씨의 관계를 비밀로 놔둘 수는 없으니까요."

"……잠깐 기다려. 너희들, 나한테 뭔가 숨기는 게 있지?"

우리가 사귄다는 사실을 공표하는 데에는 나도 찬성했다. 설마 오늘 갑자기 공표할 줄은 몰랐지만.

찬성한 이유는 간단했다. 몰래 사귀는 건 남자답지 않으니까.

물론 쌍둥이가 비밀로 하고 싶은 일이 있다면 나도 최대한 협조하겠지만…… 그래도 신경이 쓰였다.

"숨기는 건 없어요. 저희들은 마사키 씨와 함께 있고 싶은걸요."

"들키면 끝장이다, 뭐 그런 관계를 맺기는 싫어. 이렇게 생각하게 된 건 마사키가 우리를 실컷 사랑해 줬기 때문이지만."

"그게 결정적인 계기였다고 봐야겠죠."

아무래도 쌍둥이의 알몸을 마주했던 그 날 밤이 두 사람을 바꾼 모양이었다.

쌍둥이는 지금 무언가 생각하는 게 있는 듯했다. 하지만 나는 아직 그것이 무엇인지 알지 못했다.

"있잖아, 마사키. 우리는 이렇게 보여도 부잣집 아가씨야."

"그건 나도 알지만……."

내가 당황하고 있자, 유즈키가 내 팔에 달라붙으며 말을 이었다.

"그래서 어느 정도 미래가 정해져 있어. 자유롭게 지낼 수 있는 건 고등학생인 지금뿐이야."

"뭐라고……?"

"저희들의 자유는 한정되어 있어요. 남은 시간은…… 그리 길지 않아요."

이번에는 후우카도 언니처럼 내게 달라붙었다.

남은 시간이라니. 마치 시한부 인생 같은 표현이다.

"저희는 언젠가 각자 다른 곳으로 시집을 가야 해요. 집안에서 미래를 함께할 상대를 정해주겠죠."

"죽음이 두 사람을 갈라놓을 때까지……라고 해야 되나."

쌍둥이는 쓸쓸하게 미소 지었다.

하지만 잠시 후. 지금까지 본 적 없는 진지한 표정을 지었다.

"그러니 그렇게 되기 전에 저희들의 관계를 친구들이, 가족들이, 아니, 전 세계의 모든 사람이 인정하게 만들 거예요."

"오늘 일은 그 첫걸음이야. 우선은 학교가 우리들의 관계를 인정하도록 만들어야겠지. 지금부터 시작할 거야."

"그건…… 정말 장대한 계획이네."

설마 쌍둥이가 그런 계획을 꾸미고 있었을 줄이야.

하지만 이해할 수는 있었다.

인생에 레일이 깔려있는 부잣집 아가씨.

이대로 가면 나와 쌍둥이의 관계는 그리 머지않은 미래에 끝을 맞이할 것이다. 그 미래를 저지하기 위해서는…….

"내가 무엇을 할 수 있을지는 모르겠지만…… 한 가지는 분명하게 말할 수 있어. 나는 너희들을 떠나보내지 않을 거야."

주변에 수많은 학생이 있었지만 상관없었다.

나는 잠시 두 사람에게서 물러나 쌍둥이의 어깨를 덥석 움켜쥐었다.

"응. 마사키가 떠나고 싶다고 말해도 우리가 절대로 놔주지 않을 거야. 각오해 둬."

"다행히 저희는 두 명이나 있거든요. 마사키 씨를 단단히 붙잡고 있을 거예요."

두 사람은 웃으며 대답했다.

나는 쌍둥이와 함께 나아갈 것이다.

내 안에 있는 두 개의 인격도 쌍둥이와 함께 있는 것이 옳다고 의견을 일치시켰다.

앞으로 무슨 일이 펼쳐질지는 모르지만…… 두 사람을 동시에 사랑할 수 있는 나라면.

나를 동시에 사랑해 주는 두 사람과 함께라면.

아무런 망설임 없이 나아갈 수 있을 것이다.

〈계속〉

후기

브레이브 문고에서는 처음 인사드리는군요. 카가미 유입니다.
다양한 레이블에서 라이트 노벨을 집필하고, PC게임의 시나리오 라이터를 맡으며 활동하는 사람입니다.

이번 작품 〈좋아하는 아이에게 고백했더니 쌍둥이 여동생이 덤으로 딸려 왔다〉는 제목 그대로인 작품입니다.
가제로 썼던 제목이 그대로 통과된 보기 드문 케이스였습니다. 하지만 이제는 이런 솔직한 제목이 당연스럽게 받아들여지는 시대니까요. 알기 쉬운 건 좋은 겁니다.
두 번째 히로인인 쌍둥이 여동생을 덤이라고 부르는 게 마음에 걸리기는 합니다만, 여동생의 캐릭터를 보면 결코 그렇지 않다는 사실을 아실 수 있을 겁니다. 이 녀석은 절대로 덤으로 끝날 타입이 아니니까요……!

사실 저는 '쌍둥이'라는 소재를 좋아해서 과거에도 수차례 작품에 등장시킨 적이 있습니다.
하지만 메인으로 다룬 건 이번이 처음 같습니다.
쌍둥이는 야한 전개를 진행시키기에도 굉장히 편한 소재라고 생각합니다. 만약 다음 권을 낼 수 있다면 쌍둥이에게 시키고 싶은 일이 아주아주 많습니다! 응원 부탁드립니다!

사실은 이 작품을 집필하기 전에 판타지를 한 권 썼습니다. 150페이지 정도 썼던가.

메인 히로인이 노예 엘프인 코미디물이었습니다만, 납득할 만한 퀄리티가 아니라서 고민에 빠져 있었습니다.

그러다가 담당자님의 제안을 받아서 이번 러브 코미디 작품으로 노선을 변경하게 되었죠.

딱히 유행을 따라갈 생각은 없었습니다만, 결과적으로는 바꾸길 잘했다고 생각합니다.

캇토 선생님, 멋진 일러스트를 그려주셔서 감사드립니다! 더블 히로인이라는 설정상 일러스트에 히로인이 두 명씩 들어가는 경우가 많아서 고생하셨을 거라 생각합니다……!

담당자님, 완성에 오랜 시간이 걸렸습니다만, 그동안 정말로 많은 도움을 받았습니다.

그리고 무엇보다 이 글을 읽어주신 독자분들게 감사드립니다!

그러면 또 만나길 기대하고 있겠습니다.

2024년 여름
카가미 유.

Suki na ko ni Kokuttara, hutago no imouto ga omake de tsuitekita Vol.1
Copyright © Yu Kagami
Original Japanese edition published by HIFUMI SHOBO CO.,Ltd.
Korean translation rights arranged with EDIA CO.,Ltd.
Korean translation rights © 2025 by Somy Media, Inc.

**좋아하는 아이에게 고백했더니
쌍둥이 여동생이 덤으로 딸려 왔다 1**

2025년 2월 15일 1판 1쇄 발행

저   자 카가미 유
일 러 스 트 캇토
옮 긴 이 마일도
발 행 인 유재옥
담당편집 정영길

이   사 조병권
출판본부장 박광운
편 집 1 팀 박광운
편 집 2 팀 정영길 조찬희 박치우
편 집 3 팀 오준영 이소의 권진영 정지원
디자인랩팀 김보라 이민서
디지털사업팀 김경태 김지연 윤희진
콘텐츠기획팀 박상섭 강선화
라이츠사업팀 김정미 이윤서
영업마케팅팀 최원석 이다은 윤아림
물 류 팀 허석용 백철기
경영지원팀 최정연
인쇄제작처 ㈜코리아피엔피
발 행 처 ㈜소미미디어
등   록 제2015-000008호
주   소 서울시 마포구 토정로222, 502호 (신수동, 한국출판콘텐츠센터)
판매 및 마케팅 (070) 8822-2301

ISBN 979-11-384-3477-5 04830
ISBN 979-11-384-3347-1 (세트)